Bianca

D1190236

SECUESTRADA POR EL JEQUE

KATE HEWITT

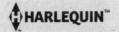

HARLEQUIN™

Editado por Harlequin Ibérica.
Una división de HarperCollins Ibérica, S.A.
Núñez de Balboa, 56
28001 Madrid

I.S.B.N.: 978-84-9170-579-6
Depósito legal: M-31089-2017
Impresión en CPI (Barcelona)
Fecha impresion para Argentina: 9.7.18
Distribuidor exclusivo para España: LOGISTA
Distribuidores para México: CODIPLYRSA y Despacho Flores
Distribuidores para Argentina: Interior, DGP, S.A. Alvarado 2118.
Cap. Fed./Buenos Aires y Gran Buenos Aires, VACCARO HNOS.

Capítulo 1

ALGO va mal...
Elena Karras, reina de Talía, apenas había oído
la voz del auxiliar de vuelo detrás de ella cuando
un hombre vestido con un traje oscuro, de rasgos duros y expresión inescrutable, salió a su encuentro al
pie de la escalerilla del jet real que la había conducido
a aquel inhóspito desierto.

–Reina Elena, bienvenida a Kadar.

–Gracias.

El hombre hizo una inclinación de cabeza y le señaló uno de los tres todoterrenos blindados que esperaban en la pista.

–Por favor, acompáñenos a nuestro destino –dijo
con cortesía.

Elena no esperaba un recibimiento a bombo y plati-
llo a su llegada para casarse con el jeque Aziz al Bakir,
pero pensaba que habría habido algo más que unos
cuantos guardaespaldas y vehículos con los cristales
tintados.

Entonces recordó que el jeque quería que su llegada
fuera discreta, debido a la inestabilidad política de Kadar. Según Aziz, desde su llegada al trono, un mes antes, se habían producido algunas revueltas. La última
vez que se habían visto, el jeque le había asegurado que
todo estaba bajo control, pero Elena supuso que tomar
medidas de seguridad era una precaución necesaria.

Ella, al igual que el jeque, necesitaba que su matrimonio tuviera éxito. Apenas lo conocía, ya que solo

se habían visto unas cuantas veces, pero ella necesitaba un esposo, y él, una esposa.

Con desesperación.

—Por aquí, Majestad.

El hombre había recorrido a su lado la pista hasta el vehículo. Le abrió la puerta y Elena levantó la cabeza parar mirar las innumerables estrellas que brillaban en el cielo.

—Reina Elena...

Ella se puso tensa al oír aquella voz asustada. Reconoció al auxiliar de vuelo del avión y registró demasiado tarde sus palabras anteriores: «Algo va mal».

Iba a volverse cuando una mano le presionó la espalda impidiéndoselo.

—Suba al coche, Majestad.

Sintió un sudor frío en los omóplatos. El hombre había hablado en voz baja y resuelta, desprovista de la cortesía inicial. Y ella supo con total certeza que no deseaba montarse en aquel coche.

—Un momento —murmuró, y se agachó para ajustarse el zapato y ganar unos segundos. Tenía que pensar, a pesar de que estaba aterrorizada. Algo iba mal. La gente de Aziz no había ido a esperarla, como habían acordado. Lo había hecho aquel desconocido, quienquiera que fuese. Tenía que huir de él, elaborar un plan de fuga en unos segundos.

De nuevo, volvía a sucederle lo peor. Lo sabía todo sobre situaciones peligrosas. Sabía lo que era mirar cara a cara a la muerte y sobrevivir.

Y sabía que, si subía al coche, la posibilidad de escapar sería remota.

Si se quitaba los zapatos podría volver corriendo al avión. El auxiliar de vuelo era, evidentemente, leal a Aziz. Si conseguían cerrar la puerta antes de que aquel hombre la alcanzara...

–Majestad –dijo el hombre, impaciente, presionándole la espalda con insistencia.

Elena respiró hondo, se quitó los zapatos y echó a correr. Oyó un sonido a sus espaldas antes de que una mano la agarrara firmemente por la cintura y la levantara del suelo.

Elena luchó y pataleó. Detrás de ella, el cuerpo de aquel hombre parecía un muro de piedra. Se inclinó hacia delante dispuesta a morderlo.

Con el talón le dio una patada en la rodilla y repitió el movimiento. Después rodeó la pierna del hombre con la suya y volvió a darle una patada. Ambos cayeron al suelo.

Ella se incorporó como pudo en la arena, pero el hombre se lanzó sobre ella y la atrapó bajo su cuerpo.

–Admiro su valor, Majestad –le murmuró con voz ronca al oído–. Y su tenacidad. Pero creo que están fuera de lugar.

El hombre le dio la vuelta, de modo que quedó tumbada de espaldas. Ella lo miró jadeante y con el corazón desbocado. Estaba sobre ella como una pantera. Sus ojos eran de color ámbar, como los de un felino. Sintió su calor y su fuerza. Aquel hombre irradiaba poder, autoridad y peligro.

–No hubiera conseguido llegar al avión de ninguna forma. Y, aunque lo hubiera hecho, los hombres que hay en él me son leales.

–Mis guardaespaldas...

–Sobornados.

–El auxiliar de vuelo...

–Impotente.

–¿Quién es usted? –preguntó ella tratando de disimular el miedo que sentía.

–Soy el futuro gobernante de Kadar –respondió él con una sonrisa salvaje.

Con agilidad, rodó sobre sí mismo para separarse de ella y la levantó con una mano que se cerró en torno a su muñeca como una esposa. Volvió con ella al coche, donde esperaban otros dos hombres de traje oscuro y rostro inexpresivo. Uno de ellos abrió la puerta trasera. Con burlona cortesía, su captor hizo una reverencia a Elena.

—Suba, Majestad.

Elena contempló la oscuridad del interior del todoterreno. No podía montarse en el coche. En cuanto lo hiciera sería la prisionera de aquel hombre.

Sin embargo, ya lo era, reconoció. Si fingía obedecerlo y estar asustada, tal vez se le presentara otra oportunidad de escapar. Tampoco tendría que fingir mucho: el terror comenzaba a invadirla.

—Dígame quién es usted de verdad.

—Ya se lo he dicho, Majestad. Me está haciendo perder la paciencia. Suba al coche —dijo él con cortesía, pero Elena percibió la amenaza y el peligro bajo sus palabras.

Tragó saliva y se montó en el coche.

El hombre se sentó a su lado y las puertas se cerraron. Él le puso los zapatos en el regazo.

—Los necesitará —no había acento alguno en su voz, pero era claramente árabe, de Kadar. Tenía la piel del color del bronce oscuro y el cabello negro como el azabache.

Elena volvió a tragar saliva y se puso los zapatos. Estaba despeinada, se había arañado una rodilla y la falda del vestido azul marino se le había rasgado.

Se colocó el cabello detrás de las orejas y se quitó los restos de arena del rostro. Miró por la ventanilla buscando pistas de hacia dónde se dirigían, pero no se veía prácticamente nada por el cristal tintado. Kadar era un pequeño país situado en la Península Arábiga, con una magnífica costa y un desierto lleno de rocas.

Miró a su captor de reojo. Parecía relajado y seguro, pero alerta. ¿Quién era? ¿Por qué la había secuestrado?

¿Y cómo iba a liberarse?

«Piensa», se dijo. El pensamiento racional era el antídoto del pánico. Aquel hombre debía de ser uno de los rebeldes a los que se había referido Aziz. El hombre le había dicho que era el futuro gobernante de Kadar, lo que implicaba que deseaba el trono de Aziz. Debía de haberla secuestrado para impedir la boda, porque debía de conocer la condición que había en el testamento del padre de Aziz.

Ella se había enterado unas semanas antes, cuando había visto a Aziz por última vez, en un acto diplomático. El padre de Aziz, el jeque Hashem, acababa de morir y su hijo había hecho un comentario sardónico sobre su necesidad de encontrar esposa. Elena no supo si tomárselo en serio o no.

Andreas Markos, el presidente del Consejo de Talía, estaba empeñado en casarse con ella alegando que una mujer joven y sin experiencia no estaba capacitada para gobernar. Había amenazado con organizar una votación para abolir la monarquía cuando se volviera a reunir el Consejo. Pero si ella estuviera casada para entonces... Si tuviera un rey consorte, Markos no podría alegar su incapacidad para gobernar.

Y a la gente le encantaban las bodas, deseaba una boda real. Elena era popular entre los habitantes de Talía; por eso, Markos aún no se había atrevido a destronarla. Llevaba cuatro años reinando. Una boda real aumentaría su popularidad y fortalecería su posición.

Era una solución a la desesperada, pero así era como se sentía Elena. Quería a su país y a su pueblo, y deseaba seguir siendo la reina por el bien de la gente y en honor a su padre, que había dado la vida para que ella pudiera reinar.

A la mañana siguiente, Elena había enviado una carta a Aziz para concertar una cita. Ambos habían expuesto sus respectivas posturas. Elena necesitaba un esposo para contentar al Consejo; Aziz necesitaba casarse en las seis semanas siguientes al fallecimiento de su padre, o se quedaría sin título. Acordaron casarse. Sería una unión de conveniencia, sin amor, que les proporcionara el cónyuge que cada uno necesitaba e hijos que fueran sus herederos, uno para Kadar y otro para Talía.

Era un enfoque mercenario del matrimonio y la paternidad y, si ella hubiera sido una mujer normal, o incluso una reina normal, hubiera deseado algo distinto. Pero su reino pendía de un hilo, por lo que casarse con Aziz al Bakir le había parecido la única solución.

Por tanto, tenía que casarse. Y para eso, debía huir.

–¿Cómo se llama? –preguntó al hombre.

Él ni siquiera la miró.

–Me llamo Khalil.

–¿Por qué me ha secuestrado?

–Estamos llegando a nuestro destino, Majestad. Allí obtendrá respuesta a sus preguntas.

Esperaría. Estaría tranquila y buscaría la oportunidad de escapar. Pero el terror le constreñía la garganta. Había experimentado un miedo similar anteriormente, como si el mundo se fuera apartando de ella a cámara lenta mientras esperaba petrificada, sin creerse que aquello estuviera sucediendo en realidad.

Saldría de aquello de un modo u otro. No consentiría que un rebelde arruinara su boda ni acabara con su reinado.

Khalil al Bakir lanzó una mirada a la mujer que estaba a su lado. Se hallaba sentada erguida, con la barbilla levantada orgullosamente y las pupilas dilatadas por el miedo.

A su pesar, comenzó a sentir admiración por ella. Su intento de huida había sido ridículo, pero valiente, y experimentó una inesperada simpatía hacia ella. Sabía lo que era sentirse atrapado y mostrarse desafiante a la vez. ¿No había intentado él, cuando era un niño, huir continuamente de su captor, Abdul Hafiz, a pesar de saber que sería en vano? En el desierto, no había ningún sitio donde esconderse. Las cicatrices de su espalda testimoniaban sus numerosos intentos fallidos.

La reina Elena no tendría cicatrices similares. No podrían acusarlo de maltratar a su invitada. Solo pretendía retenerla cuatro días, hasta que hubieran transcurrido las seis semanas y Aziz se viera obligado a dejar de reclamar el trono y convocar un referendo nacional para decidir quién sería el próximo jeque.

Khalil tenía la intención de serlo.

Hasta el momento en que no se hubiera sentado en el trono que le correspondía por derecho propio, no estaría tranquilo. Pero no lo había estado desde los siete años, cuando su padre lo había sacado a rastras de la clase que le daba su tutor, lo había arrojado a las escaleras de entrada al palacio y le había espetado:

«No eres mi hijo».

Fue la última vez que lo vio y que vio a su madre y su hogar.

Khalil cerró los ojos ante unos recuerdos que aún le hacían cerrar los puños y sentir que la bilis le subía a la garganta. No quería pensar en aquellos días ni recordar la expresión de repugnancia, de odio incluso, del rostro de su padre, al que adoraba, ni los gritos angustiados de su madre mientras se la llevaban. Murió unos meses después de gripe porque no le habían proporcionado la debida atención médica. No quería pensar en el terror que sintió cuando lo metieron en la parte trasera de un camión para conducirlo a un puesto de avanzada en el desierto, ni la mirada de cruel satisfacción de Abdul Hafiz cuando lo habían lanzado a sus pies como una bolsa de basura.

No, no quería pensar en nada de aquello. Pensaría en el prometedor futuro cuando él, el hijo al que su padre había rechazado por el bastardo de su amante, se sentara en el trono del reino que había nacido para gobernar.

Veinte minutos después, el coche se detuvo en el campamento que Khalil llevaba seis meses considerando su casa. Abrió la puerta y se volvió hacia Elena, que lo fulminó con la mirada.

–¿Dónde me ha traído?

–¿Por qué no baja y lo comprueba? –sin esperar a que le respondiera, la agarró de la muñeca. Ella ahogó un grito mientras la sacaba del coche. Al tropezar con una piedra, él la sostuvo y notó que sus senos le rozaban el pecho. Llevaba mucho tiempo sin sentir las caricias de una mujer, y su cuerpo respondió de forma instintiva al sentir la llama del deseo en su interior. El cabello de ella olía a limón.

Pero no tenía tiempo para la lujuria y, desde luego, no con aquella mujer.

Assad, su mano derecha, salió de otro de los coches.

–Majestad.

Elena se volvió automáticamente y Khalil sonrió lleno de satisfacción, porque Assad se había dirigido a él, no a la reina. Aunque Khalil no había solicitado oficialmente el título, quienes le eran leales se dirigían a él como si lo hubiera hecho.

Había vuelto seis meses antes a Kadar, que había tenido que abandonar a los diez años. Sin embargo, la gente tenía memoria.

Las tribus del desierto, vinculadas más a la tradición que las de Siyad, la capital de Kadar, nunca habían aceptado la precipitada decisión del jeque Hashem de abandonar a su esposa, por una amante que no gustaba a nadie, y a su hijo, a quien había declarado ilegítimo en público.

Cuando Khalil volvió lo nombraron jeque de la tribu de su madre y lo consideraron el verdadero jeque de Kadar.

De todos modos, él no se fiaba de nadie. La lealtad era caprichosa. El amor también lo era. Había aprendido bien la dolorosa lección. Solo confiaba en sí mismo.

—La reina Elena y yo queremos un refresco —dijo a Assad en árabe—. ¿Hay una tienda preparada?

—Sí, Majestad.

—Después me pondrás al tanto de los últimos acontecimientos. Voy a encargarme de la reina —se volvió hacia ella—. Si está pensando en escaparse —le dijo en inglés, una lengua que los dos conocían—, no se moleste en hacerlo. El desierto se extiende cientos de kilómetros en todos los sentidos y el primer oasis se halla a más de un día en camello. Aunque consiga salir del campamento, morirá de sed o de la picadura de una serpiente o un escorpión.

Ella lo fulminó con la mirada sin decir nada. Khalil le hizo una seña para que avanzara.

—Vamos a tomar un refresco y contestaré a sus preguntas, como le prometí.

Ella asintió y lo siguió a través del campamento.

Elena se fijó en lo que la rodeaba mientras caminaba detrás de Khalil. Unas tiendas formaban un semicírculo. Había caballos y camellos atados al poste de un cobertizo. El viento transportaba arena que se le metía en la boca y el cabello.

Se llevó las manos a la cara e intentó sacarse la arena de los ojos. Khalil apartó la lona de la entrada de la tienda para que pasara.

Elena respiró hondo. Lo único que podía hacer era observar y elegir bien el momento.

Khalil cruzó al otro extremo de la tienda y le señaló una elegante mesa de madera de teca y unas sillas bajas con cojines bordados. Elena observó que el interior de la tienda era muy lujoso.

—Siéntese, por favor.

—Quiero que conteste a mis preguntas.

Khalil se volvió a mirarla esbozando una leve sonrisa, pero sus ojos eran fríos.

—Su rebeldía es admirable, Majestad, pero solo hasta cierto punto. Siéntese.

Elena obedeció.

—¿Dónde está el jeque Aziz?

—Probablemente en Siyad —contestó él encogiéndose de hombros—. Esperándola.

—Me espera...

—Mañana.

—¿Mañana?

—Ha recibido el mensaje de que se retrasaría. Nadie la busca en estos momentos, Majestad —dijo él en tono burlón. Y, cuando lo hagan, ya será tarde.

Las implicaciones eran obvias. Elena se quedó sin aliento y se agarró al borde de la mesa. Tenía que estar tranquila. Oyó que Khalil maldecía en voz baja.

—No me refiero a lo que cree.

Ella lo miró y volvió a quedarse sin respiración. Todo en él era agilidad y gracia. Era un depredador.

—Entonces, no va a matarme.

—No soy un terrorista ni un sicario.

–Sin embargo, ha secuestrado a una reina.

–Un mal necesario, me temo.

–No creo que el mal sea necesario. Entonces, ¿qué va a hacer conmigo?

Era una pregunta a la que no sabía si quería recibir respuesta, pero la ignorancia era peligrosa. Era mejor conocer el peligro y al enemigo.

–No voy a hacer nada con usted –contestó él con calma–. Salvo retenerla aquí con, espero, ciertas comodidades.

Uno de los guardias entró con una bandeja de comida. Elena observó un plato con dátiles e higos, pan y cuencos con salsas. No tenía apetito y, aunque lo tuviera, no iba a comer con su enemigo.

–Gracias, Assad –dijo Khalil al hombre, que hizo una inclinación con la cabeza antes de retirarse.

Se agachó frente a la mesa, en la que Assad había dejado la bandeja. Miró a Elena con sus ojos de color ámbar. Eran de un color extraordinario. Con el cabello oscuro, aquellos ojos y su depredadora elegancia, parecía un leopardo, o una pantera; un animal hermoso y aterrador.

–Debe de tener hambre, Majestad.

–Pues no.

–Sed, al menos. Es peligroso no beber en el desierto.

–Lo que es peligroso –contraatacó ella– es beber en presencia de tus enemigos.

Él sonrió levemente y asintió.

–Muy bien, beberé yo primero.

Ella lo observó mientras servía en dos vasos altos una especie de zumo de fruta de una jarra de barro. Tomó uno y bebió de él. Ella observó su garganta mientras tragaba.

–¿Satisfecha? –murmuró al dejar el vaso en la mesa.

A Elena le dolía la garganta de sed y le picaba por la arena. Tenía que hidratarse para organizar el plan de fuga, por lo que asintió y le tendió la mano. Él le dio el vaso y ella dio un sorbo de zumo, que era ácido y dulce a la vez y estaba deliciosamente frío.

–Es guayaba –dijo él–. ¿La había probado antes?

–No –contestó ella dejando el vaso–. Entonces, su intención es retenerme en el desierto. ¿Cuánto tiempo?

–Algo menos de una semana. Cuatro días para ser exactos.

Elena sintió que se le contraía el estómago. Cuatro días después se acabarían las seis semanas que Aziz tenía para casarse y perdería su derecho al título. Khalil debía de saberlo y esperaba la oportunidad de hacerse con el poder.

–¿Y después? –preguntó ella–. ¿Qué hará conmigo?

Khalil se sentó y juntó las puntas de los dedos.

–Soltarla, como es natural.

–¿Así, sin más? –preguntó ella con incredulidad–. Pueden juzgarlo.

–No creo.

–No se puede ir por ahí secuestrando a jefes de Estado.

–Pues lo he hecho –él dio un sorbo de zumo y la examinó con detenimiento–. Me intriga, reina Elena. Reconozco que me preguntaba qué clase de mujer habría elegido Aziz como esposa.

–¿Y está satisfecho? –«eres estúpida», se dijo. ¿Dónde estaban la calma y el control?

–Ni de lejos –contestó él sonriendo débilmente.

La miró a los ojos y ella percibió un repentino brillo de deseo. Para su sorpresa, sintió terror y algo más que no era miedo, sino... anticipación. Pero ¿de qué? No deseaba nada de aquel hombre, salvo la libertad.

–Y no estaré satisfecho hasta que Aziz deje el trono de Kadar y yo lo sustituya.

–Así que usted es uno de los insurgentes de los que me habló Aziz.

–Eso parece.

–¿Por qué habría de ocupar el trono?

–¿Y Aziz?

–Porque es el heredero.

–¿Conoce la historia de Kadar, Majestad?

–He leído algo al respecto –contestó ella, aunque la verdad era que sus conocimientos sobre el tema eran muy elementales. Solo había tenido tiempo de hacer un curso introductorio sobre el país de su futuro esposo.

–¿Sabía que, durante muchos años, fue una nación próspera, pacífica e independiente?

–Sí, lo sabía –respondió ella. Su país era igual: Talía, una islita del Egeo entre Grecia y Turquía, que llevaba casi mil años disfrutando de la paz y la independencia.

Y no sería ella quien lo cambiaría.

–Entonces, puede que también sepa que el jeque Hashem ha amenazado la estabilidad de Kadar con las condiciones inéditas de su testamento –añadió él con una sonrisa.

Elena se fijó en su boca, en sus carnosos y lujuriosos labios. Se obligó a levantar la vista para mirarlo a los ojos.

–Sí, conozco la condición del viejo jeque. Por eso estoy aquí, para casarme con Aziz.

–No es un matrimonio por amor, ¿verdad? –preguntó él en tono sardónico.

–Creo que no es asunto suyo.

–Me parece que sí, si tenemos en cuenta que la tengo a mi merced.

Ella se limitó a fruncir los labios. El pueblo de Kadar creía que el matrimonio era por amor, pero la gente quería lo que deseaba creer. Ella estaba dispuesta a seguirle el juego, pero no iba a confesárselo a Khalil.

–Ya veo que se acoge a la quinta enmienda. Verá, me crie en Estados Unidos. No soy el bárbaro que usted cree.

–Pues demuéstreme que estoy equivocada.

–¿No lo he hecho ya? Está aquí, cómodamente sentada y tomando un refresco. Lamento, no obstante, que se haya hecho daño –dijo él señalándole la rodilla–. Voy a curársela.

–No lo necesito.

–Esos rasguños pueden infectarse fácilmente en el desierto. Si les entra un grano de arena, en nada de tiempo se declara una infección. No sea estúpida, Majestad. Entiendo su necesidad de luchar, pero está malgastando su energía en discutir conmigo sobre asuntos sin importancia.

Ella tragó saliva. Sabía que tenía razón y no le hacía ninguna gracia. Era infantil rechazar los cuidados médicos. Asintió. Él se levantó y fue a la puerta de la tienda, donde habló con uno de los guardias que estaban fuera. Minutos después volvió con un paño doblado sobre el brazo, una palangana con agua y un tubo de pomada. Asombrada, vio que se ponía en cuclillas delante de ella.

–Puedo hacerlo sola.

–Pero, entonces, me negaría el placer de hacerlo yo –contestó él con los ojos brillantes.

Ella se puso rígida cuando le subió el dobladillo de la falda por encima de la rodilla. Sus dedos apenas la rozaron, pero fue como si la hubieran electrocutado. Khalil mojó el paño y le limpió con suavidad el rasguño.

–Además, podría dejarse algún grano de arena, y no quiero que me acusen de maltratarla.

Elena no contestó. No podía hablar. Apenas respiraba. Todo su ser estaba centrado en los dedos de aquel hombre que se le deslizaban por la rodilla con una precisión que no era ni mucho menos sensual. Sin embargo...

Le miró el corto cabello negro y se preguntó si sería suave al tacto. Pero ¿qué demonios hacía pensando en su cabello y reaccionando ante su contacto? Ese hombre era su enemigo. No podía sentir nada por él, ni siquiera algo tan primitivo como el deseo físico.

–Creo que ya está –dijo ella al tiempo que trataba de apartar la pierna.

–Hay que aplicarle la pomada antiséptica.

Ella apretó los dientes mientras él lo hacía. Le escoció un poco, pero más dolorosa le resultó la atracción que experimentaba ante el contacto de sus dedos. Nunca había sentido nada igual, pero carecía de experiencia en las relaciones entre un hombre y una mujer. De todos modos, no podía hacer nada al respecto, por lo que decidió no prestarle atención. La atracción era irrelevante. No consentiría que le nublara el entendimiento.

Su única meta era huir de aquel hombre y de sus planes de arruinar su matrimonio. Era su único deseo.

Capítulo 2

KHALIL sintió cómo se tensaba el cuerpo de Elena bajo sus dedos y se preguntó por qué había decidido limpiarle la herida. La respuesta era, desde luego, irritantemente obvia: porque deseaba tocarla. Porque el deseo había vencido a la razón.

Su piel era suave como la seda. ¿Cuándo había sido la última vez que había acariciado a una mujer? Siete años en la Legión Extranjera francesa le habían hecho conocer la abstinencia.

Claro que la última persona en la que debiera pensar como amante era la reina Elena. No tenía intención alguna de complicar lo que ya era una delicada maniobra diplomática.

Secuestrar a una jefa de Estado era un riesgo calculado. La única forma de obligar a Aziz a convocar un referendo era que perdiera su derecho al trono, y la única manera de conseguirlo era evitando que se casara.

¿Había querido su padre castigar a sus dos hijos? ¿O, en los últimos días de su vida, se había arrepentido sinceramente del trato que había dado a su primogénito? Khalil nunca lo sabría, pero podía aprovechar la oportunidad que le brindaba el testamento de su padre para hacerse con un trono que le pertenecía por derecho.

—Ya está —Khalil le estiró la falda sobre la rodilla—.

Veo que se le ha rasgado la falda. Lo siento. Le proporcionaré otra ropa.

Ella lo examinó buscando sus puntos flacos. No iba a encontrarlos, pero él aprovechó para mirarla con detenimiento. Era preciosa, de piel dorada y ojos grises con destellos dorados. Tenía un denso cabello oscuro que brillaba a la luz de la vela, a pesar de estar enredado y lleno de arena.

Su mirada se posó en sus labios, carnosos, rosados y perfectos. Dignos de ser besados. El deseo volvió a apoderarse de él. Se levantó.

—Debe de tener hambre, Majestad. Coma algo.

—No tengo hambre.

—Como guste —él cortó un trozo de pan y lo masticó. Sentado frente a ella, volvió a mirarla—. Me pregunto por qué ha accedido a casarse con Aziz. No por sus riquezas, ya que Talía es un país próspero; ni por su poder, ya que usted es reina. Y ya sabemos que no por amor.

—Tal vez lo sea —ella tenía la voz grave y ronca. Lo miró sin pestañear, pero él oyó que se le alteraba la respiración, por lo que sonrió.

—Creo que no, Majestad. Creo que quiere casarse con él porque necesita algo, aunque no sé el qué. Su pueblo la quiere y su país goza de estabilidad. ¿Qué la ha inducido a querer casarse con un pretendiente al trono?

—Me parece que el único que lo pretende aquí es usted...

—No es la única que lo cree.

—¿De verdad piensa que tiene derecho al trono?

—Sí.

—¿Cómo es posible? Aziz es el único hijo del jeque Hashem.

Aunque él estaba acostumbrado a oír esa suposición, sus palabras fueron como ácido en una herida abierta. Le sonrió con frialdad.

–Puede que necesite poner al día sus conocimientos sobre la historia de Kadar. Tendrá mucho tiempo para leer sobre el tema en su estancia en el desierto –aunque Khalil sabía que no hallaría la verdad en los libros. Su padre había hecho todo lo posible por borrar su existencia.

–¿Y si no quiero quedarme en el desierto?

–Me temo que su presencia aquí no es negociable. Pero tenga la seguridad de que disfrutará de todas las comodidades.

Elena se humedeció los labios con la lengua, un movimiento inocente que provocó en él una llamarada de deseo que reprimió inmediatamente. La reina era una hermosa mujer y el cuerpo de Khalil, privado durante mucho tiempo de placeres sensuales, tenía por fuerza que reaccionar. Eso no implicaba que fuera a actuar en consecuencia.

Tal vez, lo más atractivo de ella no fuera su aspecto, sino su actitud. Aunque sabía que tenía miedo, estaba sentada erguida y orgullosa y sus ojos grises lo miraban desafiantes. Él admiraba su determinación de ser fuerte porque la compartía. No había que rendirse.

¿Se habría tenido que enfrentar ella a condiciones duras? Sabía que había sufrido una tragedia. Había llegado al trono a los diecinueve años, después de que sus padres murieran en un atentado terrorista. Ahora tenía veintitrés, y aunque parecía más joven, su porte y su seguridad en sí misma eran los de una persona mayor.

–No me puede retener aquí –dijo ella levantándose.

–Claro que puedo –afirmó él sonriendo. Casi sentía lástima por ella.

–Aziz enviará a alguien a por mí. Me estarán buscando.

–Lo harán mañana. Para entonces, el rastro de dónde ha ido se habrá perdido en el desierto –Khalil miró la lona de la entrada de la tienda, que se agitaba con el viento–. Parece que se avecina una tormenta.

–¿Cómo consiguió mandarle un mensaje falso a Aziz y convencer al piloto de que aterrizara en otro lugar?

–No todos son leales a Aziz. De hecho, fuera de Siyad, lo son muy pocos. ¿Sabe que solo ha estado en el país unos días desde que era un niño?

–Sé que se le tiene mucha simpatía en las cortes europeas.

–Querrá decir en los clubes de campo. El caballero playboy no es tan popular aquí.

–Ese apodo es ridículo. Es el que le ha puesto la prensa sensacionalista.

–Sin embargo, ha arraigado.

Aziz, el playboy europeo que se dedicaba a ir a fiestas y a jugar al polo. También había montado una empresa financiera de alto riesgo que había tenido éxito, lo que era una excusa para seguir en Europa y no volver a su país natal.

A Aziz no le importaba Kadar, pensó Khalil con amargura, por lo que no se merecía gobernar, incluso aunque no fuera un hijo bastardo.

–Con independencia de lo que piense usted de Aziz, no puede secuestrar a una reina –observó Elena–. Sea inteligente y libéreme ahora. No presentaré cargos contra usted.

Khalil reprimió una carcajada.

–¡Cuánta generosidad por su parte!

–No creo que quiera presentarse ante un tribunal. ¿Cómo va a convertirse en jeque si ha cometido un delito? Tendrá que responder de sus actos.

–Las cosas no se hacen así en mi país.

–Pues en el mío, entonces. ¿Cree que el Consejo, que mi país va a consentir el secuestro de su reina?

–Solo la he retenido, Majestad, como medida necesaria. Y puesto que Aziz es un pretendiente al trono, debiera estarme agradecida por haber impedido un matrimonio que, sin duda, lamentaría.

–¿Agradecida? –lo miró con los ojos brillantes de furia–. ¿Y si su plan fracasa?

–El fracaso no entra en mis cálculos –respondió él con una fría sonrisa.

–No puede hacer esto –dijo ella negando con la cabeza.

–Aquí, las cosas son distintas.

–Seguro que no tan distintas. Está loco.

A Khalil lo invadió de nuevo la furia y respiró hondo.

–No, no lo estoy. Pero es tarde y creo que debiera retirarse a su tienda. Tiene una tienda privada aquí y, como ya le he dicho, todas las comodidades posibles. Que disfrute de su estancia en Kadar.

Elena recorrió la elegante tienda a la que Khalil la había conducido una hora antes. Él había cumplido su palabra de ofrecerle todas las comodidades posibles: la tienda era amplia, con una cama de matrimonio sobre una tarima, con un colchón blando sobre el que se amontonaban mantas, colchas y almohadas de seda y satén. También había unas sillas y un pequeño armario. Pero ella no tenía ropa.

¿Habrían recogido su equipaje del avión? No había llevado mucho a Kadar, ya que solo iba a quedarse tres días: una ceremonia tranquila, una rápida luna de miel y el regreso a Talía para presentar a Aziz a su pueblo.

Nada de eso sucedería. A no ser que la rescataran

o consiguiera escapar, no se casaría con Aziz. Y, si no lo hacía en el plazo establecido de seis semanas, él se vería obligado a renunciar al trono. Entonces, no la necesitaría, aunque, por desgracia, ella lo seguiría necesitando. Seguiría necesitando a un rey consorte y debería encontrarlo antes de la reunión del Consejo del mes siguiente.

Se sentó en una silla y se cubrió el rostro con las manos. Seguía sin creerse que la hubieran secuestrado. ¿Y por qué no se lo creía? ¿Acaso no le había sucedido ya lo peor de su vida? Durante unos segundos volvió a oír la explosión y a sentir el cuerpo sin vida de su padre sobre el suyo.

E incluso después de aquel día, desde el momento en que había accedido al trono, el desastre la había perseguido. Dirigidos por Markos, los retrógrados y mojigatos miembros del Consejo de Talía habían intentado desacreditarla y privarla del trono. No querían que una joven soltera reinara. No la querían.

Había dedicado mucho tiempo a demostrar su valía a los hombres del Consejo, que criticaban todo lo que hacía o decía y que suponían que era una estúpida y una irresponsable por un error que había cometido a los diecinueve años, cuando estaba abrumada por la pena y la soledad.

Casi cuatro años después, no contaban en absoluto las organizaciones solidarias a las que apoyaba ni las leyes que había contribuido a redactar. Al menos, para Markos. Y el resto del Consejo se dejaba arrastrar por él. Talía era un país tradicional. Querían que el jefe del Estado fuera un hombre.

Se le saltaron las lágrimas y se las secó con furia. Ya no era una niña, sino una mujer que había tenido que demostrar, durante cuatro años, que poseía la fuerza y el poder de un hombre.

Y no podía terminar de aquel modo porque un rebelde lunático hubiera decidido que era el heredero legal del trono.

Sin embargo, debía reconocer que Khalil no le había dado la impresión de ser un lunático. Parecía contenido y muy seguro. Pero ¿cómo iba a ser el heredero del trono? ¿Y creía que podría arrebatárselo a Aziz? Cuando ella no llegara a Siyad, cuando el diplomático de Kadar que la había acompañado diera la voz de alarma, Aziz iría a buscarla. Y la encontraría, porque estaba tan desesperado como ella.

Sin embargo, Aziz podía encontrar a otra mujer dispuesta a casarse con él, aunque tendría que darse prisa. Ellos dos solo se habían visto en unas cuantas ocasiones. Y la idea de la boda había sido de ella.

¿Habría pensado en eso Khalil? ¿Qué impediría a Aziz elegir a una mujer al azar y casarse con ella para cumplir la condición del testamento de su padre?

Tenía que volver a hablar con Khalil y convencerlo de que la liberara.

Elena salió de la tienda, pero dos guardias se interpusieron en su camino formando una barrera impenetrable.

—Quiero hablar con Khalil.

—Está ocupado, Majestad —contestó uno de ellos sin moverse.

—¿En algo más importante que asegurarse el trono? —le espetó ella—. Tengo información que deseará oír —afirmó—. Información que influirá en sus intenciones.

Los dos guardias la miraron impasibles.

—Por favor, vuelva a la tienda. Se está levantando viento.

—Dígale a Khalil que tiene que hablar conmigo. Dígale que sé cosas que no ha tenido en cuenta.

Uno de los guardias le puso la mano en el hombro.

—No me toque.

—Por su seguridad, Majestad, debe volver a la tienda —dijo el guardia, y la empujó para hacerla entrar como si fuera una niña pequeña que fuese conducida a su habitación.

Sentado a la mesa de su tienda, Khalil recorrió con el dedo la ruta entre el campamento y Siyad: quinientos kilómetros. Quinientos kilómetros para la victoria.

Dirigió la vista, contra su voluntad, a una esquina del mapa, una zona inhóspita del desierto habitada por una tribu nómada: la de su madre.

Sabía que Abdul Hafiz había muerto y que la tribu de su madre lo apoyaba como gobernante de Kadar. Sin embargo, aunque lo habían nombrado jeque de su tribu, no había ido a recibir el honor concedido. No soportaba volver a aquella tierra yerma donde había sufrido tres largos años. Recordó el cruel rostro de Abdul Hafiz, sus finos labios esbozando una mueca desdeñosa mientras levantaba el látigo sobre él.

—La mujer quiere verte.

Khalil apartó la vista del mapa y vio que Assad se hallaba en la puerta de la tienda.

—¿Para qué?

—Dice que tiene información.

—¿De qué clase?

—¿Quién sabe? Está desesperada, por lo que es muy probable que mienta.

Sin duda, se trataba de una treta, pensó Khalil, por lo que sería mejor no prestarle atención y pasar el menor tiempo posible con una mujer que era una tentación no deseada.

—Será mejor que la vea.

—¿La traigo?

—No te molestes. Iré yo a su tienda.

El viento lo azotó y le llenó el rostro de arena al cruzar el campamento para dirigirse a la tienda de Elena. A su alrededor había hombres sentados ante una hoguera, limpiando sus armas o atendiendo a sus animales. Eran lo más parecido a una familia que había tenido en veintinueve años.

Dima también era su familia, desde luego, y le estaba agradecido por lo mucho que había hecho por él. Literalmente, ella lo había salvado. Lo había apoyado y había creído en él. Le debía mucho, pero ella nunca había entendido qué lo impulsaba a reclamar su herencia. Aquellos hombres sí lo hacían.

Entró en la tienda de Elena, pero se quedó clavado en el sitio: estaba bañándose.

La intimidad del momento lo conmocionó y una oleada de lujuria lo invadió con la fuerza de un tsunami.

Elena giró la cabeza y la esponja se le cayó de las manos. Sus miradas se cruzaron. Ella no habló ni se movió; él tampoco.

Ella era muy hermosa. La elegante forma de su espalda le recordó las curvas sinuosas de un violonchelo. Un solo mechón de cabello oscuro le colgaba en la nuca. El resto se lo había recogido.

Como si estuviera muy lejos, Khalil oyó su respiración estremecida y supo que estaba asustada. Se sintió avergonzado y se volvió.

—Discúlpeme. No sabía que se estuviera bañando. Esperaré fuera.

Salió de la tienda, lleno de deseo. Le dolía la entrepierna. Se cruzó de brazos y esperó a que la reacción de su cuerpo traidor desapareciera. Pero no podía eliminar la imagen de la perfección de Elena.

Al cabo de unos interminables minutos, apareció ella detrás de él, envuelta en un albornoz que la cubría del cuello a los pies.

–Entre.

Khalil lo hizo. Elena se había retirado al otro extremo. La bañera de cobre estaba entre ellos a modo de barrera.

–Lo siento –dijo él–. No sabía que se estuviera bañando.

–Ya lo ha dicho antes.

–¿No me cree?

–¿Por qué iba a hacerlo? No se ha comportado de una forma muy honorable.

–¿Y sería honorable dejar que un pretendiente gobierne mi país?

–¿Un pretendiente? –ella negó con la cabeza.

–Aziz no es el verdadero heredero del trono.

–¡Me da igual! –gritó ella con desesperación.

–Eso ya lo sé, Majestad, aunque no tengo claro por qué desea casarse con él. Tal vez por el poder.

Ella soltó una carcajada.

–Supongo que podría ser por eso –Elena cerró los ojos y, cuando volvió a abrirlos, él observó, sorprendido, que expresaban una sombría desesperación–. El hecho de estar aquí no me importa. Entiendo que este... conflicto es muy importante para usted. Pero reteniéndome no conseguirá su propósito. Aziz se casará con otra. Aún le quedan cuatro días.

–Ya sé el tiempo de que dispone.

–Entonces, ¿qué sentido tiene retenerme aquí? –insistió ella–. Puede cumplir los términos del testamento de su padre con otra mujer.

–Pero no lo hará.

–Claro que sí. Apenas nos conocemos. Solo nos hemos visto unas cuantas veces.

–Lo sé.

–Entonces, ¿por qué cree que me va a ser leal? –preguntó ella. Y él sintió compasión y comprensión hacia ella, porque esa misma pregunta se la había hecho muchas veces. ¿Por qué alguien iba a serle leal? ¿Por qué debía él confiar en los demás?

La persona a la que más quería lo había traicionado y rechazado.

–Para serle sincero, no creo que lo que importe sea la lealtad, sino la política.

–Exactamente. Por eso se casará con otra.

–¿Para distanciarse aún más de su pueblo, que está muy ilusionado con la idea de esa boda, más de lo que está con el propio Aziz? Y si cambiara una mujer por otra... –«como hizo nuestro padre», fue a añadir. No, no deseaba que Elena lo supiera–. No sería una decisión popular. Desestabilizaría aún más su gobierno.

–Pero si, de todos modos, va a perder la corona...

–No necesariamente. ¿No se lo ha contado? –preguntó él con una torva sonrisa–. En el testamento se estipula que, si Aziz no se casa en el plazo de seis semanas, debe convocar un referendo para que el pueblo elija al nuevo jeque.

–¿Y cree que lo elegirán a usted? –Elena lo miró con los ojos como platos–. ¿Quién es usted?

–Ya se lo he dicho: el futuro gobernante de Kadar.

–Pero ¿qué pasaría si Aziz se casara con otra mientras yo estoy retenida en el desierto?

–Puede que se declare una guerra civil, y no creo que sea lo que desee. Debo reconocer, Majestad, que corro un riesgo. Tiene razón al decir que Aziz podría casarse con otra, pero no creo que lo haga.

–¿Por qué no va a verlo y le pide que convoque el referendo?

–Porque sabe que lo perdería.

–¿Y si se declara la guerra? ¿Está usted preparado?

–Haré lo que deba para asegurarme el gobierno de la nación –ella se estremeció levemente ante el tono implacable de sus palabras. Y algo en el interior de Khalil se ablandó. Elena no tenía la culpa de nada. Era víctima de un conflicto del que no formaba parte. En otras circunstancias, él hubiera aplaudido su valor y determinación–. Lo siento. Sé que he desbaratado sus planes de boda, pero, teniendo en cuenta que son muy recientes, no me cabe la menor duda de que se recuperará.

–¿Eso cree? –preguntó ella. Y Khalil volvió a percibir la desesperación en sus palabras y se preguntó cuál sería la causa.

–Estoy seguro, Majestad. No sé por qué ha decidido casarse con Aziz, pero, como no es por amor, no creo que se le haya desgarrado el corazón.

–¿Y qué sabe usted de corazones desgarrados? –preguntó ella con una sonrisa cansada–. Ni siquiera parece que tenga corazón.

–Puede que no, pero ¿quiere usted a Aziz? –le picaba la curiosidad, aunque no debiera. No deseaba saber nada más de Elena ni hacerse preguntas sobre los motivos de su corazón.

–No, claro que no lo quiero. Casi no lo conozco –lanzó un suspiro de derrota, pero volvió a erguirse y sus ojos volvieron a centellear–. ¿Me da su palabra de que me liberará dentro de cuatro días?

–Le doy mi palabra. No creerá que voy a hacerle daño, ¿verdad?

–¿Y por qué no iba a creerlo? Los secuestradores suelen ser capaces de cometer otros delitos.

–Ya le he explicado que esto es un mal necesario, nada más.

–¿Y qué más lo será? Cuando se justifica una cosa, es muy fácil justificar otra.

–Parece como si hablara por experiencia.

–Así es.

–Por experiencia propia.

Ella tardó unos segundos en contestar y apretó los labios.

–Más o menos.

Él fue a hacerle otra pregunta, pero se contuvo. No quería saber nada más. No quería entender a aquella mujer. Solo necesitaba que se quedara allí unos días. Lamentaba su decepción, pero solo se trataba de eso: de una decepción. En realidad, un inconveniente. Su futuro, su verdadera vida no era casarse con un desconocido.

–Le prometo que no le haré daño y que la liberaré dentro de cuatro días –ella se limitó a mirarlo, él asintió y salió de la tienda sin añadir nada más.

Capítulo 3

ELENA se despertó lentamente y parpadeó ante la luz del sol que se colaba por la pequeña abertura de la puerta de la tienda. Le dolía el cuerpo de cansancio. Distintas imágenes habían bullido en su cerebro toda la noche, y solo había conseguido dormirse al amanecer.

Se desperezó y se preguntó qué le depararía el día. La noche anterior se había pasado horas analizando sus posibilidades. Podía robarle a alguien el móvil, pero ¿a quién iba a llamar? ¿A una operadora para que la pusiera con el palacio de Kadar? ¿Al presidente del Consejo de su país, que estaría encantado de saber que la habían secuestrado? De todos modos, lo más probable era que en el campamento no hubiera cobertura.

Después se preguntó si podría conseguir que uno de los guardias la ayudara. Eso era todavía menos probable, ya que ninguno de los dos parecía conmovido por la situación en que se hallaba.

¿Y si provocaba un incendio para que un satélite, un helicóptero o un avión viera el humo?

Cada nueva posibilidad le parecía más absurda que la anterior, pero se negaba a reconocer su derrota. Darse por vencida equivalía a perder la corona.

Sin embargo, cuanto más tiempo siguiera en el desierto, más probable sería que Aziz se casara con otra mujer, por mucho que Khalil dijera que no lo haría. Y, aunque no lo hiciera, no se casaría con ella. Tal vez convocara el referendo y lo ganara, por lo que ya no la necesitaría.

Pero ella seguía necesitándolo: debía casarse en el plazo de un mes, como había prometido al Consejo.

Había decidido casarse con Aziz a la desesperada; encontrar a otro hombre era una idea descabellada. ¿Qué iba a hacer?

Se levantó suspirando. Oyó una voz femenina fuera de la tienda y, unos segundos después, entró una mujer sonriendo, con una jarra de agua en las manos.

—Buenos días, Majestad —dijo haciendo una breve reverencia. Elena la saludó al tiempo que se preguntaba si sería la aliada que buscaba.

El agua en manos de la mujer le recordó el baño de la noche anterior y la entrada de Khalil. Sintió una emoción desconocida al acordarse de su mirada. El deseo que expresaban sus ojos la había llenado de dolor y placer a la vez. Ser deseada era emocionante, desde luego, pero también aterrador, sobre todo por un hombre como Khalil.

Había sido una estupidez darse un baño, pero, cuando los guardias le llevaron la enorme bañera de cobre llena de agua caliente, había sido incapaz de resistir la tentación.

Estaba cansada y llena de arena, y la idea de meterse en el agua con olor a rosas, cuyos pétalos flotaban en ella, le había resultado irresistible.

Y Khalil la había visto. Se sonrojó al recordarlo, aunque sabía que no podía haber visto mucho. La bañera era alta y, además, ella le daba la espalda. De todos modos, recordó la sensación de su mirada detenida en ella, la intensidad de la misma y, lo que era más alarmante, la reacción de ella, tensa y esperando...

–¿Necesita algo más, Majestad? –preguntó la mujer.

«Sí», pensó ella. «La libertad». Sin embargo, se obligó a sonreír. Necesitaba que aquella mujer fuera su amiga.

–No, muchas gracias. ¿Fue usted quien preparó el baño anoche?

–Sí. Pensé que le gustaría lavarse.

–Fue estupendo, gracias. ¿Dónde consiguen el agua? ¿Hay un oasis?

–Sí, al otro lado de las rocas.

–Me encantaría bañarme allí, si fuera posible.

–Si lo aprueba el jeque Khalil –dijo la mujer sonriendo–, seguro que podrá hacerlo.

–Gracias –Elena no sabía si el oasis le ofrecería la ocasión de escapar o de alertar a alguien que la estuviera buscando. Al menos, era una posibilidad.

–Cuando haya terminado, puede desayunar fuera. El jeque Khalil la espera.

Era la segunda vez que la mujer había llamado «jeque» a Khalil. Elena se preguntó si lo era por derecho o si consideraba que ya tenía el trono de Kadar. Pero no deseaba saber nada más de él ni, mucho menos, simpatizar con él. Ya bastante alarmante le resultaba lo consciente que era de su físico.

Unos minutos después, vestida con unos kakis y una camisa que le habían llevado, y con el cabello recogido en una trenza, Elena salió de la tienda.

La luminosidad del sol del desierto, el azul del cielo y la claridad del aire la dejaron sin aliento durante unos segundos.

Khalil estaba desayunando bajo un toldo que se había montado sobre una plataforma de madera. Se levantó cuando ella se acercó.

–Siéntese, por favor.

–Gracias –Elena se sentó en el borde de la silla.

Khalil le sirvió una taza de café espeso, oscuro y con olor a cardamomo.

—Es café de Kadar —explicó él—. ¿Lo ha probado?

Ella negó con la cabeza y le dio un sorbo. Tenía un sabor fuerte, pero no desagradable.

—¿Habría adoptado las costumbres de Kadar si se hubiera casado con Aziz? —preguntó Khalil.

—Todavía puedo casarme con él —contestó ella poniéndose tensa—. Puede que me encuentre.

—Yo no tendría muchas esperanzas, Majestad —dijo él en tono arrogante.

—Pues las suyas parecen enormes.

—Ya le he dicho que el pueblo de Kadar no apoya a Aziz.

Elena pensó que exageraba. Aziz le había hablado de la inestabilidad, pero no le había dicho que fuera un gobernante impopular.

—¿Por qué no lo apoya la gente? Es el único hijo del jeque, y la sucesión siempre ha sido dinástica.

Khalil se encogió de hombros.

—Creo que debería seguir mi consejo y ponerse al día en la historia de Kadar.

—¿Me sugiere algún libro? ¿Tal vez uno que pueda sacar de la biblioteca?

Khalil sonrió divertido. Esa sonrisa lo hizo aún más atractivo que cuando su expresión era fría y adusta.

—Tengo una pequeña biblioteca personal. Le prestaré uno con mucho gusto, aunque no va a hallar las respuestas que busca en un libro.

—¿Dónde las encontraré?

—Creo que, ahora mismo, ninguna respuesta la satisfaría, Majestad. Pero, cuando esté dispuesta a escuchar y piense que puede haber algo más en esta historia que lo que le ha contado Aziz, tal vez se lo explique.

—¡Qué suerte la mía! —se mofó ella. Sin embargo,

por primera vez, dudó. Khalil hablaba con tanta seguridad... ¿Y si su aspiración era legítima? No podía ser: era un rebelde, un impostor.

Cuál no sería su sorpresa cuando Khalil puso la mano sobre la de ella. Su calor se extendió por todo su cuerpo.

–No quiere sentir curiosidad, pero la siente.

–¿Qué curiosidad puedo sentir por un delincuente? –preguntó ella. Él se limitó a sonreír y a retirar la mano.

–Recuerde lo que le he dicho: hay otra versión de la historia –Khalil se levantó para irse.

–¿Y qué voy a hacer estos cuatro días? ¿Me va a tener encerrada en la tienda?

–Solo si intenta escapar –respondió él en tono duro.

–¿Y si lo hago?

–La encontraré. Esperemos que aún con vida.

–Estupendo.

–El desierto es peligroso. Además de los escorpiones y las serpientes, en unos minutos, se puede formar una tormenta de arena que entierra a una persona en cuestión de segundos.

–Lo sé.

–Entonces, ¿no se escapará?

–¿Quiere que se lo prometa?

–No, no me fío de las promesas. Es solo que no quiero tener su muerte sobre mi conciencia.

–¡Qué considerado! –exclamó ella en tono sardónico–. Me ha conmovido.

Él volvió a sonreír.

–Así que, si no soy tan estúpida como para intentar escaparme, ¿puedo salir? La mujer que me ha traído agua me ha dicho que hay un oasis –Elena contuvo la respiración y adoptó una expresión neutra.

–Se refiere a Leila, la esposa de Assad. Sí, puede

ir al oasis, si lo desea. Tenga cuidado con las serpientes.

Ella asintió con el corazón desbocado. Tenía un plan. Por fin podría hacer algo.

–¿Va a algún sitio? –preguntó ella mirando los caballos a los que estaban ensillando cerca de donde se hallaban. Si Khalil se marchaba, mucho mejor.

–Sí, voy a visitar a unas tribus beduinas de esta zona del desierto.

–¿Para buscar apoyos? –preguntó ella en tono levemente burlón.

Él enarcó las cejas.

–¿Recuerda lo que le dije ayer sobre discutir conmigo?

–No estoy discutiendo, pero no voy a darme por vencida, si eso es lo que pretende. «El ataque es el secreto de la defensa», citó ella. «La defensa es planear un ataque».

–*El arte de la guerra*, de Sun Tzu –dijo él sonriendo–. Admirable. «Quien sabe cuándo puede luchar y cuándo no, vencerá».

–Justamente.

Él se echó a reír al tiempo que negaba con la cabeza.

–¿Así que cree que puede ganar en esta situación, Majestad, a pesar de lo que le he dicho?

–«El supremo arte de la guerra es someter al enemigo sin luchar».

–¿Y cómo va a someterme?

Era indudable que él no había querido que sus palabras tuvieran una connotación sensual, ni que constituyeran una insinuación sexual, pero así era. Elena sintió un calor en su interior que le derritió los huesos.

Khalil le sostuvo la mirada y ella fue incapaz de responderle, ni siquiera de pensar. Por fin, el cerebro volvió a funcionarle y consiguió decir:

–«Que tus planes sean oscuros e impenetrables como la noche».

–Es evidente que ha estudiado bien ese libro. Es curioso, ya que su país está en paz desde hace casi mil años.

–Hay distintas clases de guerras –y a la que ella se enfrentaba era muy sutil: una palabra murmurada, un rumor susurrado... Tenía que estar en estado de alerta permanente ante un posible ataque.

–Desde luego –afirmó él–. Rezo para que esta guerra por el trono de Kadar se desarrolle sin que se vierta una sola gota de sangre.

–¿No cree que Aziz se enfrentará con usted?

–Espero que se lo piense dos veces. Debo irme. Que tenga un buen día –dicho lo cual, Khalil se dirigió hacia los caballos. Su cuerpo, oscuro y poderoso, destacó contra el luminoso cielo azul. Cuando se hubo ido, Elena pensó, de forma absurda, que le faltaba algo que deseaba y de lo que quería disfrutar.

Una vez que Khalil se hubo marchado con sus hombres, Elena volvió a la tienda. Sorprendida, vio que habían dejado un libro en la mesilla: *La construcción del Kadar moderno*.

Lo hojeó con curiosidad. Tenía un conocimiento básico de la historia del país y de los muchos años que llevaba disfrutando de la paz, aislado en una lejana península del mar Arábigo. Durante siglos lo había formado un conjunto de comunidades tribales y nómadas, dedicadas al pastoreo. A principios del siglo XIX, el jeque Ahmad al Bakir, tatarabuelo de Hashem, había unido a las tribus e instaurado una monarquía. Gobernó el país durante casi cincuenta años y, desde entonces, Kadar había disfrutado de paz y prosperidad.

Nada de eso le indicaba por qué Khalil creía tener derecho al trono, en vez de Aziz, hijo único de Hashem. En el libro no se mencionaba que hubiera habido sublevaciones y descontento entre la población.

Elena dejó el libro, resuelta a no volver a pensar en Khalil. Le daba igual que tuviera derecho al trono o no. Lo único que quería era salir de allí. Pidió a los guardias que fueran a buscar a Leila, que le dijo que le indicaría el camino del oasis. Incluso le llevó un bañador y algo de comer. Todo era tan civilizado que Elena casi se sintió culpable de su engaño.

Sola de nuevo en la tienda, buscó lo que necesitaba. Las patas de la mesa eran demasiado gruesas, pero una silla le serviría. Se arrodilló y, utilizando una almohada para amortiguar el ruido, consiguió soltar varias tablillas del respaldo. Las guardó en la bolsa del picnic y salió de la tienda.

Leila le indicó un camino que serpenteaba entre dos enormes rocas.

—Es un sitio muy bonito. Ya lo verá —dijo Leila.

—¿No teme que me escape? —preguntó Elena en tono ligero.

—Sé que esto es difícil para usted, Majestad, pero el jeque es un buen hombre. La está protegiendo de un matrimonio no deseado, aunque usted no se dé cuenta.

—No sabía que a Khalil le preocupara la felicidad de mi matrimonio. Creí que solo le importaba ser jeque.

—Ya lo es de una de las tribus del desierto. Y es el heredero legítimo del trono de Kadar. Se ha cometido una gran injusticia con él, y es hora de enmendarla.

Elena volvió a sentirse indecisa. Leila parecía tan segura como Khalil.

–¿Qué injusticia?

Leila negó con la cabeza.

–No soy yo quien debe decírselo, pero, si se hubiera casado con Aziz, lo habría hecho con un impostor, Majestad.

Era lo mismo que le había dicho Khalil y que Elena no aceptaba.

–¿Por qué?

–Debe preguntárselo al jeque Khalil...

–No es un verdadero jeque –la interrumpió Elena, incapaz de contenerse–. Al menos, no lo es de Kadar.

–Pero lo será. Pregúntele –le aconsejó Leila–. Le dirá la verdad.

Sin embargo, ¿quería saberla?, se preguntó Elena mientras tomaba el sendero hacia el oasis. ¿Se casaría de todos modos con Aziz si no fuera el heredero legítimo? ¿Lo aprobaría el Consejo?

Después de haber dejado atrás las dos grandes rocas, llegó a otra plana que daba a un pequeño lago a la sombra de unas palmeras. Miró a su alrededor para ver si la habían seguido los guardias, pero no los vio. Por si acaso, dejó la bolsa en la roca y extendió la toalla. Se quedó en bañador y se aplicó crema solar.

Volvió a mirar a su alrededor. Estaba sola. Nadie la había seguido.

Pero Elena sabía que se hallaba en mitad de la nada, que no tenía dónde ir, que no podía hacer nada salvo esperar a que Aziz la encontrara.

O mandar una señal.

Sacó las tablas de la bolsa. Cortó unos hierbajos que crecían al borde del agua e hizo un montón con ellos. No iba a conseguir mucho fuego con aquello, pero tendría que valer. Era su única oportunidad. Si alguien veía el humo, tal vez investigara su procedencia.

Comenzó a frotar las tablillas. Un cuarto de hora después, tenía ampollas en las dos manos y no se había producido ni una chispa. Enfadada, dejó las tablillas y se levantó. Hacía calor y el oasis tenía un aspecto muy tentador.

Se lanzó al agua limpiamente y dio unas cuantas brazadas antes de emerger a la superficie y pisar el fondo. Pensó que, aunque pudiera encender una hoguera, nada la distinguiría de cualquier otra, a no ser que fuera enorme, que prendiera fuego al campamento entero.

Su plan era ridículo. Su resolución flaqueó, pero decidió volver a intentarlo. No tenía muchas opciones.

Volvió nadando a la orilla y se impulsó con los brazos para subir a la roca. Se secó, se arrodilló ante las tablillas y comenzó a frotar de nuevo.

Cinco minutos después saltó la primera chispa. Llena de esperanza, frotó con más fuerza. Los hierbajos y hojas secas que había amontonado se prendieron y apareció una pequeña llama. Elena lanzó un grito triunfal.

—No se mueva.

Ella se quedó paralizada al oír aquella voz. Alzó la vista, con el corazón desbocado, y vio a Khalil a escasos metros. Tenía los ojos entrecerrados, los labios apretados y el cuerpo en tensión.

El corazón se le detuvo cuando él levantó lentamente la pistola que llevaba en la mano y la apuntó.

Capítulo 4

EL SONIDO del disparo resonó en el aire inmóvil.
Khalil observó que la serpiente se elevaba y
retorcía antes de caer muerta un poco más allá.
Se volvió a mirar a Elena y maldijo en voz baja cuando
vio que se tambaleaba, pálida y con las pupilas dilatadas de terror. Sin pararse a pensar en lo que hacía, la
tomó en sus brazos y la atrajo hacia su pecho.

–La he matado, Elena –dijo mientras le acariciaba
el cabello–. Está muerta. No tengas miedo.

Ella lo apartó de un empujón. Temblaba como una
hoja.

–¿Qué es lo que está muerto?

–¡He matado a la serpiente! ¿No has visto que estaba prácticamente a tu lado, dispuesta a atacar?

Ella lo miró con los ojos como platos y él la obligó
a girar la cabeza para que la viera.

–Creí que...

–¿Que te apuntaba a ti? ¿Cómo se te ha ocurrido
algo así? Te he prometido que no te haría daño.

–Y también me has dicho que no confías en las
promesas. Yo tampoco –intentó alejarse de él, pero
tropezó y él la volvió a abrazar.

–Has sufrido un shock –se sentó en la roca y la
colocó en su regazo. El cuerpo de ella contra el suyo
le produjo una sensación maravillosa, extrañamente
familiar.

Notó que estaba rígida y que trataba de mantener el

rostro separado del suyo y de conservar el orgullo y la dignidad. Veía tanto de sí mismo en ella que se conmovió de un modo que le resultó incomprensible. Desde el momento en que la había conocido, le había provocado reacciones no solo físicas, sino también emocionales.

Le apartó el cabello húmedo del rostro con suavidad. Ella se estremeció y se relajó en sus brazos apoyando la mejilla en su pecho. Él le colocó un mechón tras la oreja. Ella cerró los ojos.

–Me has apuntado con la pistola –susurró.

–He apuntado a la serpiente –contestó él. Sabía que ella estaba en estado de shock y que intentaba asimilar lo sucedido, pero él se sentía furioso a la vez que culpable–. Una serpiente negra –añadió con calma–. Pueden ser mortales.

–Ni siquiera la he visto –apuntó ella antes de lanzar un sollozo y apretar el rostro contra su pecho.

Khalil experimentó una sacudida de placer al ver que ella buscaba su consuelo. ¿Cuándo había querido alguien recibir ternura de su parte? ¿Cuándo había sentido él ese deseo de proteger?

No recordaba que hubiera sucedido en toda su vida, lo cual lo obligó a reconocer el vacío de la misma, los años de incansables esfuerzos, siempre sin consuelo.

–Vamos, ya ha pasado. Estás a salvo –esas palabras le resultaban ajenas, pero las dijo sin pensar mientras acariciaba el cabello de Elena y la tenía abrazada. Se dio cuenta de que ella se estaba conteniendo para no llorar, lo cual le produjo una emoción que llevaba décadas sin experimentar.

Al cabo de unos segundos, ella se apartó. Tenía los ojos secos y parecía haberse recuperado.

–Lo siento. Pensarás que he hecho el ridículo –se había vuelto a sentar muy erguida.

–En absoluto. Me doy cuenta de que te han pasado muchas cosas en muy poco tiempo. Lamento que tengas miedo y te sientas desgraciada por mi culpa.

–¿A pesar de que podías haberlo impedido?

El momento de intimidad había pasado y Khalil, sorprendido por la reacción de Elena, sintió una punzada de dolor al haberlo perdido.

Elena, de pie en la roca, intentaba controlar los latidos de su corazón y no hacer caso del deseo que el contacto con Khalil había despertado en ella. No recordaba la última vez que le habían hablado con tanta ternura.

«Eres su prisionera», se recordó. «Te ha secuestrado». Pero, en ese momento, había sido tremendamente amable, y el corazón y el cuerpo de ella habían respondido como una flor que se abriera a los rayos del sol.

La suya había sido una vida solitaria: hija única y, después, reina huérfana. La única persona con la que había intimado la había traicionado.

«Igual que lo hará Khalil». Al menos, él era sincero en cuanto a sus intenciones.

Khalil la miró. Su expresión era inescrutable. Después contempló el montón de malas hierbas y las tablillas de la silla. La llama que había logrado encender se había consumido.

–¿Se puede saber qué hacías? ¿Una hoguera? –preguntó sonriendo–. Tratabas de llamar la atención, ¿verdad?

–¿Y qué si fuera así? –contestó ella alzando la barbilla.

–Es la peor hoguera que he visto en mi vida –Khalil volvió a sonreír invitándola a unirse a la broma

mientras la miraba con ojos compasivos. Una compasión que ella no había visto antes.

Elena sonrió sin querer. Era lamentable, pero se
sentía bien riéndose, aunque fuera con Khalil.

–Ya lo sé. Me di cuenta de que no serviría de nada.
Pero tenía que hacer algo.

–Lo entiendo, Elena. Somos muy parecidos: los
dos luchamos contra lo que no podemos cambiar.

–Pues me parece que tú tratas de cambiar algo.

–Sí, ahora. Pero hubo un tiempo en que no pude
hacerlo. Me sentía impotente y furioso, pero dispuesto a seguir luchando, porque eso me recordaba
que estaba vivo y que había algo por lo que luchar.

Ella había sentido lo mismo cada día de los cuatro
años anteriores.

–Si sabes lo que es eso, ¿cómo puedes tenerme prisionera? –preguntó con voz ronca.

–No somos tan parecidos. Y aunque seas mi prisionera, te trato con respeto y cortesía.

–¿Y eso importa?

–Créeme cuando te digo que importa –afirmó él
con voz fría.

–¿Cuándo te has sentido prisionero?

Él la miró durante varios segundos y negó con la
cabeza.

–Volvamos al campamento.

–¿Por qué has venido a buscarme?

–Me preocupabas.

–¿Te preocupaba que huyera?

–No –contestó él sonriendo levemente–. Me preocupaba que te encontraras una serpiente, y estaba en
lo cierto. Les gusta tomar el sol en las rocas.

Ella negó con la cabeza. Todo era muy extraño.
Khalil era su enemigo, pero la había tratado con más

delicadeza que cualquier otra persona y, si tuviera derecho al trono...

–¿Qué te pasa, Elena?

–No sé qué pensar. Ni siquiera sé si debo pedírtelo.

–¿El qué?

–Que me cuentes tu versión de la historia.

–No deseas cambiar de opinión.

–No sabes lo que este matrimonio significa para mí, Khalil.

–¿Por qué no me lo cuentas?

–¿De qué serviría? ¿Perderías tu oportunidad de hacerte con la corona para que yo pudiera conservarla?

–¿Corres el peligro de perderla?

Ella no contestó. Había dicho demasiado y no quería confesarle su inestable situación en el trono. Hasta ese momento había conseguido ocultar la amenaza que suponía Markos para ella. Si se hacía pública, sabía que serviría para hacerlo más poderoso. Se imaginaba los titulares sobre la reina adolescente y el estúpido error que había cometido al confiar en alguien y creer que la quería.

–Será mejor que volvamos al campamento, como has dicho –afirmó ella.

De vuelta en su tienda, Elena se quitó el bañador y se puso la ropa que le habían dado esa mañana.

Sabía que era una cobardía no preguntar a Khalil por su versión de los hechos. ¿Estaba dispuesta de verdad a casarse con Aziz si no era el legítimo heredero del trono?

Tenía que serlo, porque si no lo fuera...

Daba igual, se dijo suspirando. No iba a casarse con él. Khalil pretendía retenerla hasta que hubieran pasado las seis semanas, por lo que Aziz no tendría motivo alguno para casarse con ella.

Recordó cómo Khalil la había abrazado y le había acariciado el cabello hablándole tiernamente. Sabía que había sido sincero. Ella no había tenido verdaderas relaciones con nadie. No sabía cómo hacerlo. De niña había sido tímida y su única compañía había sido su niñera. Sus padres eran figuras distantes. Después, Paulo había abusado de su confianza y destruido su fe en los demás; y, lo que era peor, su fe en sí misma y en sus juicios de valor.

¿Estaba juzgando erróneamente a Khalil? Nada en su relación, si se podía utilizar esa palabra, era real. Sin embargo, se lo parecía. Tenía la impresión de que Khalil la entendía y que le gustaba tal como era. Fuera como fuese, debía saber su versión de los hechos y enfrentarse a las consecuencias de lo que le contara.

Poco después, Leila entró en la tienda sonriendo.

—Le he traído ropa limpia y agua para lavarse. El jeque Khalil la invita a cenar esta noche.

—¿Por qué? —preguntó Elena, sorprendida y complacida a la vez.

—¿Por qué no iba a hacerlo, Majestad?

Las razones eran irrelevantes, se dijo Elena. Podía ser la oportunidad de pedirle que le explicara por qué tenía derecho al trono.

—Mire el vestido que le ha traído —dijo Leila al tiempo que abría una caja, de la que sacó un vestido gris plateado.

Era bonito y recatado a la vez, hecho de un material tan delicado y satinado como una tela de araña. Elena lo tocó sin poder contenerse.

—No sé por qué debiera ponérmelo —dijo apartando la mano como si se hubiera quemado. La tentación de probárselo era irresistible.

Leila dejó de sonreír y lo dejó sobre la cama.

–Estaría muy guapa, Majestad.

–No me hace falta estar guapa. Estoy retenida en un campamento en medio del desierto –pero podría oír la versión de Khalil de la historia.

Leila dobló el vestido y lo volvió a meter en la caja.

–¿Le digo al jeque Khalil que desea quedarse en la tienda esta noche?

Elena se hallaba en un dilema. Si se quedaba en la tienda, sería una cobarde. Tenía que enfrentarse a Khalil y conocer los hechos: conocer a su enemigo. Aunque ya no se lo parecía.

–Dígale a Khalil que cenaré con él. Gracias, Leila. Y deje el vestido.

Una hora después, Elena llegó a la tienda de Khalil escoltada por Leila. El corazón le latía a toda velocidad y tenía las palmas de las manos húmedas.

Se sentía tímida con aquel vestido, como si fuera a acudir a una cita. Y su vocecita interior le susurraba que a Khalil le gustaría verla vestida así.

Se rebeló contra esa voz. No debiera tratar de complacerlo. No podía comenzar a sentir algo por él. Sería, además de estúpido, peligroso.

Al entrar en la tienda vio en una mesa baja distintos platos. Cojines de seda estaban esparcidos a su alrededor. Khalil salió de las sombras, vestido con una camisa de algodón blanca y pantalones oscuros. Se había quitado la túnica tradicional con la que lo había visto antes. Parecía un pirata sexy y peligroso.

Elena tragó saliva cuando la encendida mirada de Khalil la recorrió de arriba abajo.

–Estás preciosa.

–No sé a qué viene el vestido ni la cena –respondió ella. Se sentía vulnerable, y su mejor defensa era el ataque.

Khalil se estaba acercando a ella, pero se detuvo al oír su tono cortante.

–Esta mañana te quejabas de estar encerrada como una prisionera. Creí que te gustaría tener compañía, aunque fuera la mía. También pensé que preferirías un vestido a los pantalones kakis. Lamento haberme equivocado.

Ella se sintió ridícula y avergonzada, como si lo hubiera herido en sus sentimientos. Finalmente consiguió decir:

–Todo esto me parece muy refinado.

–Claro que lo es. Ya te he dicho que no soy un matón ni un terrorista. Tu estancia aquí es una medida necesaria. Si vas a enfrentarte a mí toda la noche, tal vez prefieras cenar sola en tu tienda. ¿O vas a prenderle fuego?

Elena no quería seguir enfrentándose a él. No tenía sentido, ya que Khalil no iba a soltarla. Y ella llevaba un bonito vestido e iba a tomar una cena deliciosa con un hombre muy atractivo. ¿Por qué no disfrutarlo? Era una idea nueva para ella. Buena parte de su vida la había dedicado al deber y al sacrificio, nunca al placer.

–He llegado a la conclusión –afirmó sonriendo levemente– de que ocasionar un incendio no me va a servir de mucho.

–¿Se te ocurre otra cosa? –Khalil avanzó para tomar su mano.

–Estaba pensando en seducirte para que me dejes ir. El vestido me vendrá bien.

–Tentarías a un santo –dijo él con los ojos brillantes–, pero yo soy todavía más duro. Flirtear conmigo no te va a llevar muy lejos.

–No estoy flirteando –comentó ella sonrojándose.

–¿Ah, no? Pues es una pena –afirmó él mientras la ayudaba a sentarse.

Elena, desconcertada por su respuesta, se acomodó en los cojines. Khalil se sentó enfrente.

–Te voy a servir –le sirvió cordero con especias y cuscús con verdura.

–Huele de maravilla. Gracias. Tengo hambre.

–Entonces, come –dijo él en tono risueño–. Estás muy delgada, al menos para los estándares de Kadar.

–¿Los conoces? Me habías dicho que viviste en Estados Unidos.

–Pasé allí la adolescencia –le ofreció la bandeja del pan.

–¿Por eso hablas inglés tan bien?

–Sí, supongo que sí.

–¿Cuánto hace que volviste a Kadar?

–Seis meses. ¿Me estás sometiendo al tercer grado, Elena? –su sonrisa hizo que le apareciera un hoyuelo en la barbilla–. «Conoce a tu enemigo y conócete a ti mismo, y ganarás cien batallas».

–Conoces bien *El arte de la guerra*.

–Igual que tú.

–¿Cómo es que lo conoces tan bien?

–Porque mi vida ha consistido en prepararme para la batalla.

–Para convertirte en jeque de Kadar.

–Sí.

–Pero Leila me ha dicho que ya eres jeque.

–De una pequeña tribu del norte del desierto. La tribu de mi madre.

Ambos se quedaron callados. Elena miró los duros rasgos de su rostro y sus labios carnosos. Duro y blando, aquel amable carcelero era una contradicción andante. Se le contrajo el estómago. ¿Qué estaba haciendo? ¿Iba a ser tan estúpida como para creer a aquel hombre, como para fiarse de él?

Por muchas justificaciones que buscara, estaba ce-

nando con Khalil porque quería. Y deseaba confiar en
él porque le gustaba como persona y como hombre.

–Quiero oír la otra versión de la historia –dijo en
voz baja. Él la miró con recelo–. Todos los que te ro-
dean están convencidos de tu derecho al trono. Y no
creo que les hayas lavado el cerebro ni que se enga-
ñen a sí mismos, así que... –intentó sonreír–. Tiene
que haber un motivo para que crean que tienes derecho a ser jeque. Cuéntamelo.

Acceder a su petición era abrirle su corazón y reconocer su vergüenza. Khalil había dicho a Elena que
le contaría su versión cuando estuviera preparada para
escucharla. Y allí estaba, lista. El problema era que él
no lo estaba.

¿Cómo había llegado a esa situación con aquella mujer? Probablemente, todo hubiera empezado cuando la
vio por primera vez; cuando ella intentó huir; cuando él
vio miedo y orgullo en sus ojos y supo cómo se sentía.

Cuando la había abrazado y ella había buscado
consuelo en él y él se lo había ofrecido.

Y ahora, ella deseaba más. Quería saber la verdad,
pero él tenía miedo de contársela. ¿Y si no lo creía?
¿Y si lo hacía?

–Mi madre –dijo empezando a hablar despacio–
fue la primera esposa del jeque Hashem.

–¿Qué...? ¿Quién fue tu padre? –Elena lo miró con
los ojos como platos.

–El jeque Hashem.

–¿Eres hermano de Aziz?

–Su hermanastro, para ser más exactos. Su hermanastro mayor.

–Pero... –ella negó con la cabeza, incrédula. Él
pensó que era mejor así, que no le importaba. Le re-

sultaría más fácil contárselo, aunque doloroso–. ¿Cómo es posible? No se te menciona en ninguna parte, ni siquiera en ese libro que me has dejado.

–¿Así que has leído el libro? –preguntó él riéndose con amargura.

–Un poco.

–Mi padre hizo lo imposible por borrar mi existencia. Pero los beduinos, la tribu de mi madre, no me han olvidado –a Khalil no le gustó haberse puesto a la defensiva como si necesitara demostrar su valía, como si deseara que ella lo creyera.

Sin embargo, su opinión no le importaba. ¿Por qué la había invitado a cenar? ¿Por qué le había regalado el vestido?

«Porque querías complacerla. Porque querías volver a verla y a acariciarla».

–¿Y por qué iba a querer tu padre borrar tu existencia?

–¿Sabes quién es la madre de Aziz?

–La esposa de Hashem. Se llamaba Hamidia y Aziz me dijo que murió hace unos años.

–En efecto. Y antes de ser la segunda esposa de mi padre fue su amante. Le dio un hijo bastardo, Aziz, pero mi padre lo reconoció como hijo suyo. Y se cansó de mi madre, su primera esposa –Khalil soltó el aire lentamente y cerró el puño–. Sin embargo, las leyes de Kadar estipulan que el jeque solo puede casarse una vez, no por principios morales, sino por motivos pragmáticos: de ese modo, hay menos pretendientes al trono.

–¿Me estás diciendo que se deshizo de su esposa y de ti para poder casarse con Hamidia?

–No me crees –dijo Khalil. Sentía un tremendo peso en el estómago. No estaba enfadado con ella, sino herido.

—Me parece increíble. Lo tiene que saber alguien.

—Las tribus del desierto.

—¿Y Aziz?

—Claro que sí. Nos conocimos de niños, unas semanas antes de que se lo arrebataran a su familia. Desde entonces, no lo he vuelto a ver.

—Pero si sabe que eres el heredero legítimo...

—Mi padre era muy listo. Acusó a mi madre de adulterio y declaró que yo no era hijo suyo. Me expulsó del palacio cuando tenía siete años. A mi madre también, a una lejana residencia real donde vivió aislada. Murió unos meses después, aunque me enteré muy posteriormente. Desde el día en que mi padre me expulsó, no la volví a ver —hablaba de forma fría y desapasionada, temeroso de revelar sus sentimientos si no lo hacía. Tomó un sorbo de vino.

—Pero eso es terrible —susurró Elena.

—Son cosas del pasado. Ahora ya no importan.

—¿Cómo que no? Por eso quieres acceder al trono.

—¿Para vengarme? No, Elena, no se trata de venganza, sino de que tengo derecho a él. Soy el primogénito de mi padre. Cuando rechazó a mi madre provocó una profunda división en un país que solo conocía la paz. Aziz no cuenta con el apoyo de toda la nación porque mucha gente sabe que no es el heredero legítimo. Es popular en Siyad porque es cosmopolita y encantador, pero el corazón de este país no es suyo, sino mío.

—¿Cómo sabes que tu madre no tuvo una aventura?

—Estoy totalmente seguro de que no fue así —respondió él con voz cortante y muy decepcionado al comprobar que ella no lo creía—. Mi madre sabía las consecuencias de tener una aventura: el destierro, la vergüenza y una vida aislada de todo lo que conocía. No merecía la pena correr el riesgo.

–Pero solo eras un niño. ¿Cómo vas a saberlo?

–Sé que todos los que la conocían la consideraron inocente. Sé que sus doncellas gritaron que era una injusticia. Ningún hombre la reclamó, ni a mí tampoco. Mi padre ni siquiera dijo el nombre del hombre que supuestamente me había engendrado. Su única base para expulsarnos a ella y a mí fue el color de mis ojos.

Elena lo miró, no con confusión ni incredulidad, sino con compasión.

–Ay, Khalil –susurró.

–La gente protestó al principio diciendo que no había pruebas. Pero mi madre murió antes de que mi padre se casara de nuevo, así que, al final, no pasó nada.

–¿Y tú?

No podía confesar lo que le había pasado: los años en el desierto, la terrible vergüenza... Aunque una parte de él quería contar sus secretos a Elena, confiar en alguien. Reprimió ese ridículo impulso.

–Me crio la hermana de mi madre en Estados Unidos. No volví a ver a mi padre.

–¿Y la gente ha aceptado que Aziz sea el heredero, a pesar de que conservaba tu recuerdo?

–Mi padre era un dictador. Mientras vivió, nadie tuvo el valor de poner en tela de juicio sus decisiones.

–¿Y por qué redactó un testamento tan extraño en el que obliga a Aziz a casarse?

–Creo que estaba en un dilema. Tal vez se hubiera dado cuenta del error que había cometido al desterrarme, pero no quería reconocerlo. Era muy orgulloso. Obligar a Aziz a casarse haría que se olvidara de Europa y se quedara en Kadar. Pero convocar un referendo, si Aziz no se casaba... Para mí era la oportunidad de convertirme en jeque. Quiero creer que lamentaba lo que nos había hecho a mi madre y a mí.

–¿Y crees que el pueblo te aceptaría si fueras jeque?

–A algunos les costaría, pero, con el tiempo, creo que lo harían –la miró deseando que le dijera que lo creía. Necesitaba oírlo.

Ella apartó la vista, pero volvió a mirarlo.

–Entonces, nos parecemos mucho –dijo en voz baja–. Los dos luchamos por la corona.

Capítulo 5

ELENA vio que, por debajo de la furia, la mirada de Khalil expresaba dolor, un dolor que entendía y que ella misma sentía. Y, contra su voluntad, lo compadeció. Como Leila le había dicho, le habían hecho mucho daño.

Se lo imaginó de niño, cuando lo expulsaron de su hogar y lo alejaron de su familia. Pensó en su confusión y en su miedo, en el desgarro de su corazón al perder todo lo que quería.

Igual que le había sucedido a ella.

Le habían arrebatado a su familia, como a él. Y luchaba por conservar el título al que tenía derecho, como él.

Se rebeló contra esos pensamientos.

«Ya creíste una vez. Ya confiaste una vez. Este hombre te ha secuestrado. ¿Cómo eres tan estúpida?».

Sin embargo, había sinceridad en la voz de Khalil y percibía su dolor.

Creía en él.

–¿Por qué luchas por la corona, Elena? –preguntó él en voz baja.

Ella titubeó, porque no le resultaba fácil ser sincera ni sentirse vulnerable. En los cuatro años anteriores se había endurecido y había aprendido a no necesitar a nadie.

Respiró hondo. Pensó en Andreas Markos y en su intención de desacreditarla, en el deseo del país de tener una reina, y en el de ella misma de serlo, y en las estúpidas decisiones que había tomado.

—Es complicado. El Consejo desea un gobernante varón.

—¿Y querías que fuera Aziz?

—No exactamente. Llegamos al acuerdo de que él desempeñaría las funciones de rey consorte y sería una figura simbólica. Eso satisfaría al pueblo y al Consejo. Pero no tomaría decisión alguna.

—¿Y tú te hubieras conformado con eso?

—Era lo que deseaba.

—¿Y por qué no buscar a un hombre que fuera tu igual, tu compañero? ¿Alguien que te ayudara a gobernar y te apoyara?

Elena pensó en Paulo.

—Hablas como si fuera muy fácil encontrarlo.

—No, pero me pregunto por qué te conformaste.

—¿Y tú, Khalil? ¿Quieres a una mujer que sea tu igual, a una compañera, tanto en el matrimonio como en el gobierno?

La expresión del rostro masculino denotó sorpresa, primero, y luego se endureció.

—No.

—Entonces, ¿por qué crees que yo sí? ¿Porque soy una mujer?

—No... —la miró pensativo—. Te lo he preguntado porque, si necesitabas casarte para complacer a tu país, me parece más acertado elegir a un hombre que pudiera ser tu amigo y tu compañero, no a un desconocido.

—Pues, por desgracia, no tengo un amigo ni un compañero que me esté esperando —intentó que su tono fuera ligero y divertido, pero lo que oyó fue compasión por sí misma—. Llevo sola mucho tiempo. Ya estoy acostumbrada y me siento a gusto. Supongo que a ti te pasará lo mismo.

–Sí. ¿Así que llegaste a ese acuerdo con Aziz para complacer al Consejo?

–Más bien para apaciguarlo. El presidente del Consejo, Andreas Markos, me ha amenazado con llevar a cabo una votación en la próxima reunión –respiró hondo y se obligó a terminar la frase–. Una votación para destronarme y abolir la monarquía.

–Y supongo que para convertirse él en jefe de Estado o presidente de gobierno, ¿no?

–Algo así –afirmó ella sonriendo con ironía.

–Y crees que no lo hará si te casas.

–Espero que no. Es un riesgo calculado.

–Conozco esa clase de riesgos.

–Sí, supongo que sí.

Se sonrieron. Elena se preguntó cómo podía estar bromeando con él, cómo le podía parecer que eran cómplices en todo lo que había sucedido.

–La mayor parte del pueblo de Talía me acepta –prosiguió al cabo de unos segundos–. Y una boda real sería muy popular. A Markos le costaría conseguir que el Consejo votara en mi contra.

–Me imagino que a tu pueblo le debes de gustar mucho. Debes de ser una buena reina. Es evidente que eres leal a tu pueblo.

Una oleada de placer la invadió ante la sinceridad de su voz. Significaba mucho que hubiera algo que creyera en ella.

–Intento serlo. Sé que he cometido errores –no quería hablar de ellos–, pero amo a mi pueblo y mi país. Quiero conservar sus tradiciones, pero también instalarlos en el siglo XXI.

–¿Y lo estás logrando?

Ella agachó la cabeza, porque se sintió tímida de repente. No estaba acostumbrada a hablar de sus logros, aunque el Consejo no solía reconocérselos.

–Poco a poco. He introducido leyes para proteger los derechos de las mujeres. He comenzado a revisar el currículo de la enseñanza primaria. La educación es uno de los puntos flacos del país.

Khalil asintió animándola a seguir.

–También he contribuido a la celebración de un festival anual de música y danza tradicionales. No es mucho, pero es importante para nuestra herencia cultural. Talía era la musa de la poesía.

–No lo sabía –dijo él sonriendo.

–Sé que no es mucho.

–¿Por qué te infravaloras o infravaloras lo que has hecho? Ya hay un montón de gente dispuesta a hacerlo.

–Los dos hemos perseverado –dijo ella. Lo miró a los ojos y se sintió enormemente solidaria con el hombre que había sido su enemigo. Eran muy parecidos. Él la comprendía y ella lo entendía mucho más de lo que se hubiera podido imaginar.

–Y ese Markos, ¿tiene poder para proponer una votación?

–Por desgracia, así es. Nuestra Constitución indica que el monarca no puede promulgar una ley que la mayoría del Consejo no haya aprobado, y el Consejo no puede promulgar una ley que el monarca no haya aprobado, salvo que el Consejo la vote de forma unánime, en cuyo caso el monarca está obligado a aprobarla.

–¿Incluso tu destronamiento?

–Eso hace mil años que no sucede –ella apartó la vista para que él no viera el miedo y la vergüenza que sentía. El miedo a que la destronaran; la vergüenza de no haber sido lo bastante fuerte como para conservar la corona ni cumplir la promesa que le hizo a su padre antes de morir.

«Debes vivir para Talía y la corona, Elena».

–Y no va a pasarte a ti, Elena –afirmó él con seguridad–. Eres muy fuerte.

–Gracias –susurró ella.

–Estás sometida a mucha presión para ser tan joven. Supongo que eres hija única. El título siempre ha sido tuyo.

–Sí, aunque, durante toda mi infancia, mis padres tuvieron la esperanza de tener más hijos –hizo una mueca–: un varón.

–Y me imagino que se sentirían decepcionados.

–En efecto. Mi madre sufrió muchos abortos, pero no volvió a tener ningún hijo que naciera vivo.

–¡Qué tragedia!

–Sí. Supongo que por eso me protegieron tanto.

–¿Te adoraban?

–No exactamente –Elena pensó en lo poco que había visto a sus padres en su infancia–. Me mantenían apartada, en realidad. No fui a la escuela hasta los trece años.

–Y luego te nombraron reina cuando eras muy joven –dijo Khalil al tiempo que volvía a servirle vino, ya que Elena se había bebido la primera copa.

–A los diecinueve años –dijo ella después de haber dado un sorbo.

–Sé que tus padres murieron en un atentado terrorista –Elena asintió.

Temía hablar de ese terrible día, detestaba el recuerdo del olor acre a humo, el dolor de los cristales que se le habían clavado en las palmas de las manos, el pitido de los oídos... Esos recuerdos hacían que muchas noches se despertara bañada en sudor.

–Lo siento –dijo él–. Sé lo que es perder a tus padres cuando eres joven. Los echarás de menos.

–Sí...

–No pareces muy segura.

–Lo estoy, pero no los conocía mucho. Siempre estaban de viaje. Echo de menos la idea de ellos, si es que eso tiene sentido, el haber podido ser una familia. Supongo que te parece raro.

–En absoluto –respondió él negando con la cabeza, por lo que ella se preguntó si también él echaba de menos a la familia que podría haber tenido: unos padres cariñosos que lo apoyaran.

Khalil se inclinó hacia delante y le puso un mechón de cabello detrás de la oreja.

–Pareces triste. Lamento haber revivido en ti recuerdos tristes.

–No importa –susurró ella. Khalil no había apartado los dedos de su mejilla y Elena, de pronto, deseó que los dejara allí y que la besara.

Entreabrió los labios de forma instintiva y le miró la boca. Y volvió a comprobar la perfección de sus labios al tiempo que se preguntaba cómo serían su tacto y su sabor. Nunca la habían besado, lo que, de pronto, le pareció ridículo, ya que tenía veintitrés años. Pero la educación en un colegio de monjas y el haber ascendido al trono a los diecinueve años la había impedido tener romances. En primer lugar, no se le había presentado la ocasión, ya que dedicaba todo su tiempo a servir a su país; y en segundo, no abundaban los compañeros adecuados para una reina.

Elena sabía que no debía pensar en besar a Khalil. Hizo un esfuerzo y desvió la vista de sus labios para fijarla en sus ojos. Los dedos de él le apretaron la mejilla y la atrajo hacia sí. Y Elena se lo permitió mientras el corazón le latía desbocado.

Pero Khalil la soltó y se recostó en su asiento.

La cabeza de Elena era un torbellino de confusión

y desilusión, y le dolía el cuerpo de deseo insatisfecho. Intentó hallar el modo de disimularlo.

–Está todo muy bueno –afirmó al tiempo que indicaba la comida.

–Gracias.

–Para ser un campamento del desierto, lo has montado con todo detalle –prosiguió ella, con el propósito de no tocar temas peligrosos, aunque todos se lo parecían en aquel momento. Todo lo referente a Khalil le parecía peligroso. Deseable.

–No hay que sacrificar la comodidad.

–¿Te hace sentir seguro tener un campamento como este?

–Son tiendas, Elena, por lujosas que sean. Mis hombres y yo podemos desmontar el campamento en veinte minutos, si fuera necesario.

–¿Cómo sabes hacer todo esto si te criaste en Estados Unidos?

–¿Todo esto?

–Me refiero a las tiendas, los caballos, luchar... Ser un rebelde –se dio cuenta de que sonaba ridículo y se encogió de hombros. ¡Por Dios! Se había bebido dos copas de vino y ya estaba casi borracha.

–Serví en la Legión Extranjera francesa siete años. Estoy acostumbrado a este tipo de vida. Fue una buena preparación.

Todo en su vida, pensó Elena, había estado dirigido a prepararle para ser jeque, a arrebatarle el trono a un hermanastro que no se lo merecía.

Aziz... ¿Por qué casi no podía recordar su rostro? Iba a casarse con él, pero no lo recordaba, como tampoco su voz. Se le ocurrió otro pensamiento.

No se casaría con él. Aunque la rescatara o Khalil la soltara, no se casaría con Aziz.

Fue una sorprendente revelación. Se recostó en los

cojines mientras la cabeza le daba vueltas por sus pensamientos y el vino. Por primera vez, aceptó su destino, a pesar de que no sabía lo que significaría para su título, su corona y su país.

–No voy a casarme con Aziz –le espetó a Khalil–. Ni siquiera si me encuentra a tiempo.

–¿Qué te ha hecho cambiar de idea? –preguntó él con los ojos brillantes.

–Tú –afirmó ella, y lo hizo refiriéndose a más de un sentido. No solo porque fuera el heredero legítimo, sino porque le había descubierto sentimientos que no sabía que tenía. Y ya no podía casarse con Aziz ni conformarse con el mercenario acuerdo que antes le había parecido bien.

–Me alegro –dijo él en voz baja. Se miraron durante unos segundos y Elena se puso en tensión.

Pero Khalil se levantó.

–Es tarde. Deberías volver a tu tienda.

Le tendió la mano y ella dejó que la ayudara a levantarse. Se sentía ligera, como si no tuviera huesos. Era evidente que se le había subido el vino a la cabeza.

Salieron de la tienda de la mano. El aire frío la serenó.

Cuando cruzaron el campamento y llegaron a la tienda de ella, aún agarrados de la mano, Elena ya no estaba mareada, sino avergonzada.

–Buenas noches, Elena –él se detuvo frente a la tienda y le soltó la mano. Le acarició la barbilla y le alzó el rostro hacia él. Ella pensó que la iba a besar. Entreabrió los labios y el corazón comenzó a golpearla en el pecho con una mezcla de alarma y anticipación.

Khalil bajó la cabeza y susurró:

–Elena... –a ella le pareció una pregunta y todo su cuerpo le respondió afirmativamente.

Ella le puso las manos en los hombros y se apretó contra él. Khalil le tomó el rostro entre las manos con suavidad. Ella sintió su deseo, así como el suyo propio, y pensó: «También somos parecidos en esto. Los dos lo queremos, pero nos da miedo quererlo».

Aunque tal vez Khalil no lo deseara, ya que, de repente, bajó las manos y retrocedió.

–Buenas noches –repitió antes de echar a andar hacia su tienda. Pronto se lo tragó la oscuridad.

Capítulo 6

AL DÍA siguiente, Elena no vio a Khalil. Se pasó horas tumbada en la cama o sentada delante de la tienda observando a los hombres deambular por el campamento y buscando a Khalil.

Lo echaba de menos. Se decía que era absurdo, ya que apenas lo conocía. Pero revivía constantemente los momentos en que la había acariciado y recordaba la conversación que habían tenido durante la cena sobre su solitaria infancia y su intención de ser jeque. Y se daba cuenta de que, tres días después, él la liberaría y no lo volvería a ver.

A la mañana siguiente, Khalil acudió a su tienda.

—Tengo que ir a visitar algunas tribus del desierto —le dijo sin más preámbulos—. Y me gustaría que me acompañaras.

—¿Te gustaría? —preguntó ella sorprendida y complacida a la vez.

—¿No quieres ver otra cosa que no sea el interior de esta tienda? —preguntó él con una sonrisa.

—Sí, pero ¿por qué quieres que vaya contigo? No irás a mostrarme como trofeo de guerra, ¿verdad? No irás a vanagloriarte de haber capturado a la prometida de Aziz —la mera idea le revolvió el estómago. Sin embargo, él la había capturado. Era su posesión, su premio.

—Por supuesto que no. De todos modos, la gente a

la que voy a visitar no se sentiría impresionada por algo
así. Me es leal. Yo nunca me comportaría de esa manera tan brutal.

—Entonces, ¿por qué quieres llevarme?

La respuesta más sencilla era porque quería; porque había estado pensando en ella desde que habían
cenado juntos, desde que ella le había demostrado que
creía en él. Y gozar de la confianza de alguien era tan
adictivo como una droga. Quería más, más de Elena y
de la persona que él creía ser a los ojos de ella. Del
hombre que quería ser.

Al darse cuenta, se había mantenido alejado de ella
un día entero, luchando contra el deseo y el peligro de
necesitar a otro y de arriesgarse a sufrir el dolor y la
pérdida.

La noche anterior se había convencido de que lle-
varla a visitar las tribus del desierto que lo apoyaban
era una maniobra política, ya que reforzaría su postura tener de su lado a la exnovia de Aziz.

Mientras la miraba se dio cuenta de que se había
engañado: no se trataba de una maniobra política,
sino que, simplemente, quería estar con ella.

—Te llevo para que conozcas a la gente que me
apoya.

—¿En serio? —preguntó ella sonriendo.

—Sí.

—Muy bien —dijo ella. Khalil se sintió aliviado y
contento. Se sonrieron mutuamente.

Algo estaba cambiando entre ellos en aquel mismo
momento y Khalil supo que no podía detenerlo, que
no quería hacerlo.

—Nos vamos dentro de una hora. ¿Sabes montar?

—Sí.

–Leila te traerá ropa adecuada. Gracias, Elena –la sonrisa que ella le dedicó fue todo un regalo.

Una hora después, Elena se reunió con él, que estaba ensillando los caballos.

–¿Vamos a ir solos? –preguntó ella sorprendida.

–Nos acompañarán tres hombres, pero saldrán después. Nos reuniremos con ellos antes de entrar en el campamento, para que todo sea como es debido. En el desierto, un hombre y una mujer no cabalgan solos. Conmigo estarás a salvo, Elena –afirmó al darse cuenta de que no estaba respetando el protocolo.

–Lo sé. Me fío de ti –afirmó ella. Y él fue incapaz de hablar durante unos segundos.

–Gracias –dijo por fin.

–¿Vamos a ir solos porque es más seguro? ¿Para que Aziz no nos encuentre?

Ella hablaba sin rencor, y Khalil se volvió a sentir culpable.

–Sí. ¿Te... molesta?

–No tanto como debiera –contestó ella mirándole a los ojos y sonriendo.

–Las cosas están cambiando.

–Ya han cambiado –afirmó ella en voz baja.

Elena tenía razón: las cosas habían cambiado le gustara o no.

–Vámonos. ¿Montas bien?

–Sí.

–Vamos a verlo –dijo él esbozando una sonrisa. Y salió al galope. Ella, riéndose, lo siguió.

Al seguir a Khalil, Elena experimentó un júbilo que no había sentido desde niña, cuando montaba a caballo en Talía. Hacía años que no cabalgaba así.

Espoleó al caballo para alcanzar a Khalil o incluso adelantarlo. Estaba claro que era una carrera.

Khalil miró hacia atrás y le indicó una roca en forma de aguja que se alzaba en la distancia. Ella entendió que era la meta. Ya estaba muy cerca de él. Pero Khalil acabó ganando por muy poco.

—Casi te gano —dijo ella riéndose y palmeando el sudoroso cuello del caballo.

—Casi —afirmó él—. Aquí hay un pequeño oasis. Los caballos tienen que beber antes de que sigamos.

—Creí que el primer oasis estaba a un día viajando en camello —apuntó ella bufando indignada—. Así que me mentiste.

—No quería que cometieras ninguna estupidez, que seguramente hubiera acabado mal.

Llevaron a los caballos al oasis y, mientras bebían, Khalil escudriñó el horizonte con el ceño fruncido.

—Parece que se avecina una tormenta.

—¿Cómo lo sabes? —preguntó ella mirando el cielo azul con incredulidad.

—Mira allí —él le señaló el horizonte. Ella entrecerró los ojos y vio una mancha gris.

—Está muy lejos.

—Ahora sí. Pero las tormentas se desplazan a toda velocidad en el desierto. Tenemos que llegar al campamento antes de que nos alcance y reunirnos con mis hombres.

Se montaron y salieron al trote. Elena no dejaba de mirar el horizonte y comprobaba que, con el paso del tiempo, la mancha se hacía más grande y oscura. La brisa inicial se había convertido en un fuerte viento.

Al cabo de varias horas a caballo, Khalil se dirigió a un grupo de rocas.

—Nos va a alcanzar la tormenta. Tendremos que refugiarnos aquí para pasar la noche.

–¿Dónde estamos exactamente? –preguntó ella mientras desmontaba contemplando las imponentes rocas.

–En mitad del desierto –contestó él sonriendo levemente. Se acercó a ella y añadió–: Elena, conmigo estarás a salvo.

Al mirarlo, ella se dio cuenta de que él la mantendría a salvo porque le importaba como persona, no como reina ni como un peón en su lucha. Fue como recibir un puñetazo en pleno rostro. Y estuvieron a punto de saltársele las lágrimas.

–Parece que estás a punto de desmayarte –dijo él con dulzura–. Ven, he traído comida y bebida.

La tomó de la mano y la condujo hacia las rocas. Era evidente que conocía el territorio, ya que la llevó por un laberinto de rocas y se detuvo frente a una plana, protegida por otra encima.

Ella se sentó. La roca saliente protegía del viento y de los remolinos de arena. Él se quitó el turbante que llevaba puesto, y ella, el pañuelo.

–Bebe –dijo él ofreciéndole la cantimplora. Después le tendió un trozo de pan con carne seca. Ella bebió y comió mientras el viento aullaba en torno a ellos.

Cuando hubieron acabado, él recogió los restos y los metió en las alforjas. Al hacerlo, ella observó que tenía cicatrices en la parte interna de la muñeca.

–¿De qué son?

–De una soga –dijo él apretando los dientes–. Fue hace mucho tiempo –le dio la espalda. Era evidente que no quería añadir nada más. Ella hubiera deseado seguirle preguntando. ¿Lo habían atado?

Él se sentó frente a ella.

–Y ahora, ¿qué? –preguntó Elena.

–Me temo que no he traído el tablero de ajedrez.

–¡Qué pena! –exclamó ella riéndose–. Se me da muy bien el ajedrez.

–A mí también.

–Tal vez podamos jugar alguna vez –después de haberlo dicho, ella se dio cuenta de que parecía que tuvieran un futuro fuera de allí. Aunque hubiera aceptado que no iba a casarse con Aziz, eso no implicaba que planeara un futuro con Khalil. Al cabo de dos días la dejaría marchar.

–¿En qué piensas? –preguntó él.

–En que, dentro de dos días, puede que no te vuelva a ver. Y no me hace gracia la idea, Khalil.

–Elena... –dijo él en tono de advertencia. Ella no podía adivinar su expresión en la oscuridad.

–Sé que esto te parecerá ridículo, pero eres el primer amigo de verdad que tengo.

–No me parece ridículo. En muchos sentidos, tú eres mi primera amiga de verdad.

–¿En serio? –preguntó ella conteniendo la respiración.

–En serio.

–¿No tenías amigos en la escuela? ¿En Estados Unidos?

–No. ¿Tú tenías amigos en la escuela?

–No –Elena dobló las piernas y se las abrazó–. Era tremendamente tímida, ya que fui a la escuela muy tarde. Creo que el que fuera una princesa intimidaba a las otras niñas, aunque era yo la que se sentía intimidada. Parecía que a las demás les resultaba muy fácil hacer amigos, reírse... Las envidiaba. Y cuando acabé la escuela... –pensó en Paulo–. A veces no merece la pena correr el riesgo.

–¿El riesgo?

Ella tragó saliva y lo miró sin pestañear.

–El riesgo de que te hagan daño.

–¿Te lo han hecho, Elena? –preguntó él con voz acariciadora.

–A todo el mundo se lo hacen, antes o después.

–Eso no es una respuesta.

¿Y a ti, Khalil?

–Sí. Mi padre me lo hizo cuando decidió desheredarme y desterrarme.

–Perdona. Ha sido una pregunta estúpida.

–En absoluto. Pero quiero que respondas a mi pregunta. ¿A qué te refieres al decir que la amistad no merece la pena?

–Tuve un amigo que me decepcionó profundamente. Me traicionó. Suena melodramático, pero fue lo que hizo. No fue una relación romántica –Elena suspiró–. Fui una estúpida al confiar en él.

–¿Así que ese hombre es la causa de que no confíes en los demás?

–Aprendí la lección. Sin embargo, confío en ti.

–Tal vez no debieras hacerlo.

–¿Por qué dices eso?

–¿Tengo que recordarte por qué estas aquí? Porque te he secuestrado.

Ella percibió el remordimiento en su voz y le acarició la mano.

–Lo sé, Khalil, pero entiendo por qué lo hiciste.

–¿Me estás justificando mi propio comportamiento? –preguntó él riéndose. Ella lo imitó.

–No sé lo que hago. Y no sé lo que haría si me dejaras libre ahora mismo. No sé lo que sentiría.

–Yo tampoco.

Elena se percató de que él también se había dado cuenta de que las cosas habían cambiado.

–Está bajando la temperatura. Toma.

–Él le entregó una manta, en la que ella se envolvió

antes de acurrucarse contra la roca buscando una postura cómoda.

–Ven aquí, Elena –dijo él al cabo de unos segundos.

–¿Adónde?

–Aquí –Khalil se palmeó el regazo–. Tienes frío y solo conozco una forma de calentarte.

Ella se sonrojó al pensar en otras formas de calentarse, formas que nunca había experimentado.

–Ya has estado antes en mi regazo –le recordó él.

En efecto, y le había gustado en exceso. Ella vaciló. Pero, al fin y al cabo, ¿qué podía pasar entre ellos? Dos días después, ella volvería a Talía, sin esposo. Debía ser sensata y mantenerse a distancia de Khalil.

Pero parecía que la sensatez la había abandonado. De pie frente a él, vaciló sobre cómo sentarse en su regazo. Él no lo hizo. La levantó por la cintura y la sentó. Una vez allí, a ella le resultó tan fácil como la vez anterior acurrucarse contra él con la mejilla apoyada en su pecho.

–Eso está mejor –dijo él acariciándole el cabello–. Duérmete –añadió con voz suave. Ella, obediente, cerró los ojos, a pesar de que sabía que era menos probable que se durmiera en el regazo de Khalil que apoyada en la roca.

Notaba la sólida fuerza de su pecho y el ritmo acompasado de su respiración; su calor, su abrazo e incluso su aroma.

Él siguió acariciándole el cabello. Y ella se durmió.

Y se despertó en mitad de una pesadilla: humo, gritos, sangre... Esa pesadilla era recurrente: un caos de terror, cuerpos tendidos en el suelo y trozos de cristal clavados en las palmas de sus manos. Y lo peor de todo: el peso del cuerpo de su padre en la espalda para protegerla de la explosión y sus últimas palabras, que le susurró al oído: «Por Talía».

–Elena, Elena...

Recuperó la consciencia cuando Khalil la sacudió suavemente por los hombros. Estaba llorando.

–Solo era un sueño, Elena –Khalil le tomó el rostro entre las manos y apoyó la frente en la suya como si intentara transmitirle su calor y su seguridad.

Ella cerró los ojos e intentó calmarse.

–Ya lo sé –susurró al cabo de unos segundos–. Ya lo sé.

–¿Con qué soñabas? –preguntó él acariciándole suavemente los labios con el pulgar–. ¿Qué te aterroriza de ese modo?

–Recuerdos –contestó ella con voz ahogada. Se secó las lágrimas con la mano–. Recuerdos de la muerte de mis padres.

–¿Estabas con ellos?

–Sí.

–¿Cómo es que no lo sabía?

–No salió en los medios de comunicación por respeto a mi familia. Era lo que yo quería. Ya era bastante duro tener que enfrentarme a lo que había pasado. No necesitaba ser el centro de todas las miradas.

–Sí, me imagino que tuvo que ser muy difícil para ti –afirmó él apretándola más contra sí–. ¿Quieres hablar de ello?

Para su sorpresa, Elena se dio cuenta de que quería hacerlo. Normalmente no hablaba con nadie de la muerte de sus padres. Ni siquiera le gustaba recordarla. Sin embargo, al sentirse segura en brazos de Khalil, tuvo la necesidad de contárselo y compartir con él su dolor.

–Sabes que murieron en un atentado con bomba.

Mi madre murió en el acto, pero mi padre seguía vivo después de la explosión.

Khalil no dijo nada y se limitó a seguirla abrazando. Al cabo de unos segundos, ella continuó.

—No recuerdo mucho después de que estallara la primera bomba. La explosión me lanzó al otro lado de la habitación y caí boca abajo. Debí de estar inconsciente un rato, ya que recuerdo que me desperté totalmente desorientada. La gente gritaba y lloraba. Había mucha sangre.

Cerró lo ojos y apretó el rostro contra el pecho de Khalil.

—Avancé a rastras buscando a mis padres. Había cristales por todos lados, pero no los sentía, aunque luego vi que tenía las manos llenas de sangre. Era todo tan extraño, tan irreal... Estaba aterrorizada. Entonces encontré a mi madre... —se calló al recordar su rostro sin vida, la boca abierta, los ojos que la miraban fijamente. Al volverse vio que su padre avanzaba dando traspiés hacia ella con el terror dibujado en el rostro—. Hubo una segunda bomba. Mi padre lo adivinó o vio algo porque corrió y se lanzó sobre mí cuando estalló. Lo último que dijo fue: «Por Talía». Dijo eso porque me estaba salvando por mi país, para que pudiera ser reina.

—Y crees que solo fue por eso, por la monarquía, no por ti. No porque fueras su hija ni porque te quisiera.

A Elena sus palabras la conmovieron porque supo que eran verdad. Se quedó asombrada de que Khalil hubiera sido capaz de verlo y entenderlo.

—No sabía lo que sentían por mí —susurró—. Apenas los vi durante mi infancia. Vivían entregados a Talía y nunca estaban conmigo. Y, de pronto, desaparecieron en cuestión de segundos, y no supe si los echaba de menos porque habían muerto o porque no llegué a conocerlos –Elena cerró los ojos–. ¿No es terrible?

–No, es comprensible.

–Pero soy una desagradecida. Mi padre dio su vida por mí.

–Tienes derecho a sentir lo que sientes, Elena. Ellos te querían, pero ¿cómo ibas a saberlo si no te ló demostraron hasta el momento de su muerte?

Ella se apretó contra él llorando, aunque ni siquiera sabía si lo hacía por la muerte de sus padres, por la falta de relación con ellos o por el inmenso sentimiento de pérdida que experimentaba, que había experimentado siempre. Hasta que Khalil había aparecido.

–Nunca se lo había contado a nadie –dijo girando la cabeza para mirarlo.

–Me alegro de que lo hayas hecho.

–Yo también –aquello había sido importante. Khalil le había mostrado algo que ella ya poseía: la capacidad de compartir y de confiar. De amar.

Lo miró intentando adivinar qué sentía, si experimentaba la misma atracción y empatía que ella. Pero sus miradas se encontraron y vio el fuego del deseo en sus ojos. Y se quedó sin aliento al sentir cómo se apoderaba de ella un deseo fiero y abrumador.

El rostro de él se hallaba tan cerca del suyo que sentía su aliento en la mejilla. Sus labios se hallaban casi tocando los de él. Cuando lo miró y oyó que él contenía la respiración supo que estaba dispuesta a salvar la distancia que los separaba.

Quería que la besara.

Khalil bajó la cabeza y a Elena se le detuvo el corazón. Si ella efectuaba el más mínimo movimiento, sus labios se tocarían, y se besarían. Pero no se movió, paralizada por el asombro y el miedo. Khalil tampoco lo hizo.

El momento se alargó infinitamente.

Entonces, él soltó el aire estremeciéndose, le tomó el rostro entre las manos y, volviendo a estremecerse, salvó la distancia que separaba sus bocas y sus labios se tocaron. Para ella fue el primer beso, y fue maravilloso.

Soltó un gemido de satisfacción y entrega mientras sus dedos se enredaban en el cabello masculino. Entreabrió los labios y Khalil la besó más profundamente, explorándole la boca con la lengua.

Elena no sabía que uno pudiera sentirse así y desear de aquel modo. Era tan dulce e intenso que casi le hacía daño. Se apretó contra él siguiendo un instinto que desconocía poseer. Khalil deslizó la mano desde su rostro a sus senos y ella lanzó una exclamación ante la exquisita sensación que le produjo.

Él bajó la mano y agarró las suyas que llevó a su regazo.

—No debiera haber... —comenzó a decir negando con la cabeza. A la luz de la luna, ella vio la expresión de remordimiento de su rostro.

—Quería que lo hicieras —lo interrumpió ella, pero él volvió a negar con la cabeza.

—Vuélvete a dormir, si puedes.

Elena se mordió los labios. Se sentía humillada y se preguntó, si no habría sido ella la que lo había besado. Era difícil saberlo, y lo deseaba tanto... ¿Se había lanzado sobre él?

—Duérmete, Elena —repitió él, y volvió a colocarle la cabeza en su pecho y a acariciarle el cabello como antes. Ella cerró los ojos.

¿Qué había sucedido? ¿Y por qué se sentía tan insoportablemente decepcionada?

Capítulo 7

AMANECIÓ en las dunas. La tormenta había pasado. Khalil dejó a Elena durmiendo en el refugio rocoso y fue a comprobar cómo estaban los caballos. Y también a decidir qué le iba a decir a Elena cuando se despertara.

El beso no era algo que hubiera previsto. Había sido increíblemente dulce y lo había dejado en un desagradable estado de excitación durante el resto de la noche.

No había podido dormir con ella en su regazo.

Pero, a la luz del día, la realidad volvió a imponerse. No podía hacer nada con respecto a la atracción que sentía por Elena. No podía seguir albergando sentimientos tiernos por ella. Tenía una meta, un plan que no incluía a la reina de Talía, más allá de tenerla cautiva para soltarla después.

Pero lo había olvidado al tenerla en su regazo, al cenar con ella, al invitarla a acompañarlo en su visita a las tribus, al animarla a contarle cosas de su vida, al dejarla entrar en su mente e incluso en su corazón. Al besarla.

Estaba perdiendo de vista sus prioridades y persiguiendo imposibles. ¿Cómo podía ser tan estúpido?

Tenía que volver al camino trazado, olvidar los sentimientos que experimentaba por ella. Había sido un idiota al confiar en ella y preocuparse por ella. Solo podía acabar mal: lo sabía por experiencia. No iba a repetir el error de confiar en alguien ni de quererlo.

Se apresuró a decirse que no la quería. Apenas la conocía.

Soltó un largo suspiro y se dirigió a donde estaban los caballos. Habían soportado bien la tormenta. Khalil los dio de comer y beber. Al acabar volvió y vio que Elena se hallaba de pie entre las dos altas rocas. Estaba pálida y fatigada, pero muy hermosa.

Recordó la pesadilla que había tenido, su vulnerabilidad y los secretos que le había contado. Pensó en el horror de haber contemplado la muerte de sus padres y se despertó en él la necesidad de protegerla. La noche anterior había estado a punto de contarle sus propios recuerdos terribles. Casi lo había hecho.

—Buenos días. ¿Has descansado? –le preguntó sonriendo.

—Un poco –respondió ella acercándosele. Él vio incertidumbre en sus ojos, preguntas que no quería que le hiciera y que, en cualquier caso, no estaba dispuesto a contestar.

—Vamos a desayunar antes de salir. Nos queda una hora de camino aproximadamente. Espero que mis hombres nos aguarden allí. A la gente de la tribu le diremos que nos separó la tormenta.

Ella asintió y le lanzó una mirada dolorida. Él volvió a sentirse culpable y, a la vez, deseoso de estrecharla en sus brazos para consolarla y consolarse a sí mismo.

¡Qué ironía! Él era la persona menos indicada para dar o recibir consuelo. Casi lamentaba haberla llevado en aquel viaje. Pero no era así: estaba contento de que lo hubiera acompañado.

Desayunaron los restos del pan y la carne seca en silencio. Después, Khalil ensilló los caballos.

Cabalgaron bajo el cielo azul. Él la miró de reojo y admiró su espalda erguida y su actitud orgullosa. Nunca se doblegaría ni admitiría la derrota, pensó con admiración.

Su caballo giró bruscamente para evitar una roca. Khalil maldijo en voz baja. Elena le hacía perder la concentración.

Aunque no debiera culparla a ella por su falta de control, sino a sí mismo y a esa necesidad de llenar el enorme vacío que sentía en su interior. No estaba acostumbrado a sentirse así. Llevaba casi treinta años prácticamente solo. Dima era la única persona con la que se había permitido cierta intimidad, pero esa relación había tenido problemas y dificultades.

No, no estaba acostumbrado a todo aquello y no le gustaba en absoluto.

«Embustero», se dijo.

Dos horas después, llegaron por fin a un pequeño asentamiento beduino situado en el extremo de un oasis. No había rastro de los hombres de Khalil y él se preguntó con inquietud qué pensaría el jeque al verlo llegar solo con Elena. Pero ya nada podía hacer.

Cuando desmontó, varios hombres se le acercaron a saludarlo y a llevarse los caballos antes de conducirlo a la tienda del jeque. Miró a Elena, detrás de él, que estaba pálida. Unas mujeres llegaron a acompañarla a una tienda.

Khalil fue a ver al jeque para explicarle el motivo de su visita. De momento, sería mejor dejar a Elena sola.

Las mujeres llevaron a Elena a la tienda. Ella estaba dolida por la mirada pétrea que le había dirigido Khalil antes de alejarse.

Era evidente que lamentaba el beso de la noche

anterior. Ella también debiera lamentarlo. Besarlo no había sido buena idea.

El problema era que no lo lamentaba. Deseaba que la volviera a besar... y más. Lo deseaba a él.

Una vez en la tienda, las mujeres la rodearon tocándole el cabello, las mejillas y la ropa, sucia y polvorienta después del viaje. Elena no entendía lo que decían y parecía que ninguna hablaba inglés o griego, las dos lenguas que ella sabía. Sin embargo, se mostraban tremendamente simpáticas, por lo que se dejó llevar por su entusiasmo cuando le llevaron ropa limpia y la condujeron al oasis, donde se bañaban las mujeres del poblado.

Elena se desnudó, como estaban haciendo las otras mujeres, y se metió en el agua. Tras una noche en el desierto y horas cabalgando, experimentó una maravillosa sensación al quitarse la suciedad del cuerpo y la arena de la cabeza.

Después del baño se puso la ropa que le dieron las mujeres: una camisola de algodón y un amplio vestido con anchas mangas bordadas en rojo y amarillo. Se dejó el cabello suelto para que se le secara al sol y acompañó a las mujeres de vuelta al campamento, donde les habían preparado algo de comer.

Buscó a Khalil, pero no lo encontró.

Las mujeres le ofrecieron un guiso de lentejas, pan y un café similar al que había tomado con Khalil. Mientras comían, le hicieron preguntas mediante gestos, que ella trataba de responder del mismo modo.

Al cabo de un par de horas, comenzó a acusar el cansancio del viaje. Se le cerraban los ojos, por lo que las mujeres, riéndose, la condujeron a un lecho que habían preparado apilando mantas. Elena, agradecida, se acostó y su último pensamiento antes de dormirse fue para Khalil.

Se despertó a la mañana siguiente cuando el sol entraba por la puerta de la tienda, en la que no había nadie más que ella. Ese día, pensó con pesar, era el último en que estaría retenida. Las seis semanas de Aziz habían llegado a su fin. Aziz se habría casado con otra o renunciado al trono, por lo que Khalil la dejaría libre.

Ese pensamiento, que días antes la hubiera llenado de alegría, le produjo un nudo en el estómago. No quería dejar a Khalil ni enfrentarse sola al Consejo de su país. ¿Cómo iba a explicarles lo que había pasado? ¿Les diría que la habían retenido o que había renunciado a casarse con Aziz al enterarse de que su aspiración al trono era ilegítima?

Pensó en Aziz: había sido amable con ella, pero no lo conocía. Como tampoco conocía verdaderamente a Khalil, que le parecía fuerte y tierno a la vez; alguien capaz de secuestrar a una reina, pero también de acunarla y secarle las lágrimas.

Se levantó lanzando un suspiro y se peinó con los dedos mientras se preguntaba dónde estaría todo el mundo y qué le depararía el nuevo día.

Salió de la tienda. La gente se afanaba alrededor del campamento en distintas tareas. No vio a Khalil. Una mujer de las del día anterior se le acercó sonriendo y le hizo una seña para que la siguiera. Ella lo hizo, pero se detuvo bruscamente al divisar a Khalil hablando con unos hombres. La mujer siguió su mirada, soltó una risita y dijo algo que Elena no entendió, pero cuyo significado se imaginó.

Al cabo de unos minutos, Khalil se acercó a ella, que desayunaba pan y *tahini*.

–Buenos días.

Ella le contestó asintiendo con la cabeza, ya que tenía la boca llena, y se puso colorada. Era ridículo reaccionar de aquel modo ante él.

–¿Has dormido bien?

–Sí, estaba agotada.

–Es comprensible.

Su rostro no revelaba nada, y Elena tuvo la terrible sensación de que así sería en adelante. Lo que se había desarrollado con tanta facilidad entre ellos ahora les producía incomodidad. Elena pensó que era lógico, pero experimentó un sentimiento de pérdida.

–¿Qué va a pasar ahora? –preguntó sin ningún deseo de saberlo, aunque se trataba de su futuro y de su vida–. Las seis semanas han concluido.

–Lo sé.

–¿Vas a dejar que me vaya? –preguntó ella mirándolo a los ojos para intentar descifrar lo que pensaba.

–Te prometí que lo haría.

Ella asintió bruscamente.

–Si te parece bien, nos quedaremos esta noche porque se celebra una boda en la tribu –titubeó y pareció que iba a sonrojarse–. Somos los invitados de honor.

–¿Nosotros? Entiendo que tú lo seas, pero...

–Los miembros de la tribu creen que estamos recién casados –afirmó él en voz baja–. Y no los he sacado de su error.

–¿Cómo? –Elena se levantó de un salto con la boca abierta. Por eso la mujer había mirado a Khalil y había soltado una risita–. ¿Y qué motivos tienen para creerlo? –preguntó casi gritando–. ¿Y por qué no les has dicho que no era cierto?

–Lo creen porque es la única razón por la que un hombre y una mujer viajarían solos. Si no hubiera habido tormenta, habríamos entrado al campamento con mis hombres. Y no se lo he explicado porque las tribus son muy tradicionales, por lo que no lo habrían aprobado y lo hubieran considerado vergonzoso. Fui un estúpido al pedirte que me acompañaras.

Elena parpadeó mientras intentaba ocultar el daño que le hacían sus recriminaciones. Lamentaba que lo hubiera acompañado y haberla besado.

—¿Y qué pasará cuando descubran que no estamos casados?

—No lo harán. Al menos, mientras estemos aquí.

—Pero... al final...

—Al final, lo harán. Sin embargo, para entonces, ya seré jeque y podré disculparme y dar las explicaciones necesarias. Hacerlo ahora solo crearía más inestabilidad. Reconozco que no me gusta mentir, ni siquiera por omisión, pero se trata de un momento crítico, no solo para mí, sino también para Kadar. Cuanta menos inestabilidad se produzca, mejor.

—Entonces, ¿se supone que tengo que fingir que soy tu esposa? —susurró ella.

—Solo durante un día. ¿Tan difícil te resultará, Elena?

Ella sintió que la invadía una oleada de calor y que le ardía el rostro. No, no le resultaría difícil: ese era el problema. Apartó la vista con la esperanza de que el rubor le desapareciera.

—No me gusta mentir.

—A mí tampoco, pero no tenemos más remedio que hacerlo. Aunque esperaba que dicho fingimiento no te resultara tan detestable —comentó él con los ojos brillantes, lo que a ella le recordó el beso. Era como si se estuviera burlando de ella porque sabía que lo deseaba y que esa fantasía no le era desagradable, ni mucho menos, sino muy placentera.

Elena apartó la vista.

—¿Y después de esta noche? ¿Me liberarás?

—Sí, yo mismo te llevaré a Siyad. Como Aziz se verá obligado a convocar un referendo, no hace falta que siga en el desierto.

—¿Qué le pasará a Aziz?

–Supongo que regresará a Europa –contestó él encogiéndose de hombros–. Tiene casa en París. Podrá llevar la vida de playboy que tanto le gusta.

–Eso no es justo –protestó ella–. Aunque sea un playboy, tiene una empresa y ha hecho mucho bien...

–Por favor, no lo defiendas –la interrumpió él alzando la mano. Ella se calló–. ¿Te ha decepcionado no haberte casado con él? –preguntó al cabo de unos segundos.

–Solo por lo que significaba para mi país y mi gobierno.

–Eres fuerte, Elena. Creo que puedes enfrentarte al Consejo sin el apoyo de un esposo.

Ella soltó una breve carcajada sin saber si sentirse ofendida o halagada.

–Gracias por tu voto de confianza.

–No era mi intención criticarte. Me has demostrado con tus actos lo fuerte y valiente que eres. Creo que puedes convencer a Markos de que no te destrone. El voto debe ser unánime, ¿verdad?

–Sí. ¿Intentas que me sienta mejor o sentirte menos culpable por haber arruinado mi boda?

La pregunta pareció sorprenderle.

–Las dos cosas, supongo. Aunque, hace unos días, no hubiera dedicado ni un solo pensamiento a tus planes –se levantó–. Tengo que ver a los jefes de distintas tribus, por lo que estaré ocupado. Nos vemos esta noche, en los festejos de la boda.

Elena pasó el resto del día con las mujeres, preparando la boda. A ella la vistieron con un vestido azul con bordados en las mangas y el dobladillo y un velo confeccionado con decenas de pequeñas monedas de cobre. Y le pusieron jena en los pies y las manos.

¿Cómo hubiera sido su boda?, se preguntó Elena.

Una ceremonia solemne y privada en uno de los salones del palacio de Kadar, con unos cuantos testigos miembros del personal de Aziz.

¿Y la noche de bodas? Se estremeció al pensar que hubiera entregado su cuerpo a Aziz, un hombre al que no conocía. ¿Hubiera sentido por él una mínima parte del deseo que sentía por Khalil, su supuesto esposo? ¿No sería maravilloso fingir durante un día y una noche que lo era? ¿Que ella estaba embriagada de amor como la joven novia que se casaría esa noche?

¿Qué daño había en fingir un solo día?

Al día siguiente, la realidad se impondría y ella pronto estaría de vuelta en Talía y tendría que contarle al Consejo que la boda se había anulado. Tal vez tuviera que enfrentarse al final de la monarquía que había durado casi mil años.

Sí, fingir durante un día le pareció maravilloso.

No protestó cuando las mujeres la vistieron y arreglaron. Entendió que querían celebrar su reciente boda, por lo que no se resistió.

Ella también quería celebrarla.

El cielo estaba cuajado de estrellas cuando se inició la ceremonia. Toda la tribu se había reunido para la ocasión. Elena observaba, encantada, el desarrollo de la ceremonia, llena de color, música y bailes. Las mujeres y los hombres estaban sentados separados. Buscó a Khalil sin verlo. Se preguntó si la reconocería con aquel atuendo beduino y qué le parecería.

Después de la ceremonia, la gente se dedicó a comer, escuchar música y bailar. Elena vio a Khalil sentado con otros hombres. Llevaba la túnica tradicional de algodón blanco bordada en rojo y dorado. Ella se dio cuenta de que no la había reconocido. Se dirigió hacia él.

–Buenas noches, esposo mío –le dijo en tono jocoso. Khalil la miró sobresaltado.

–Elena...

–¿Qué te parece? –dio una vuelta sobre sí misma.

–Que estás preciosa –le puso la mano en el hombro y la atrajo hacia sí–. Preciosa de verdad. A veces es más atractivo lo que se oculta que lo que se muestra.

Ella se quedó sin aliento al ver su mirada de admiración.

–¿De verdad lo crees? –susurró.

–Sí. Y también que la gente de la tribu espera que bailemos. Me sé los pasos. Deja que te lleve –le puso una mano en la cintura y tomó la otra en la suya para guiarla al círculo de los que bailaban.

La hora siguiente transcurrió entre música y baile. Elena fue consciente cada segundo de la mano de Khalil en la suya, de la proximidad de su cuerpo, de sus ojos fijos en los suyos. Nunca se había sentido tan hermosa ni deseada. No había experimentado en su vida semejante sensación de poder.

Le pareció que era el centro del universo. Y era una sensación maravillosa que no quería que terminase.

Pero, por supuesto, terminó. Se despidió a los recién casados y la gente se fue retirando a sus tiendas. Elena se volvió hacia Khalil debatiéndose entre la incertidumbre y la esperanza. La expresión de él era impenetrable.

–Nos han preparado una tienda para los dos. Espero que no te importe –dijo él.

«¿Importarle? En absoluto».

–Está bien –consiguió decir ella.

Khalil sonrió débilmente, entrelazó sus dedos con los de ella y se dirigieron a la tienda que iban a compartir.

Capítulo 8

KHALIL se sentía ligeramente ebrio. No había bebido alcohol, ya que no se había servido en la celebración. Sin embargo, lo aturdía algo más profundo e intenso que la simple lujuria, aunque prefería denominarlo así porque le resultaba más sencillo.

Alzó la lona de la tienda para que entrara Elena y contempló su grácil paso al hacerlo. Una vez dentro, ella se volvió hacia él, y Khalil vio la misma anticipación en sus ojos que él sentía.

Esa noche, a todos los efectos estaban casados.

–¿Lo has pasado bien? –preguntó.

–Sí. En realidad, nunca me lo había pasado tan bien. No he ido a muchas fiestas.

–¿Ni siquiera como parte de tus funciones reales o estatales?

Ella negó con la cabeza. Sus grandes ojos brillaban bajo el velo.

–Sí, pero no son divertidas. En ellas no puedo ser yo misma, sino la reina Elena. A veces me parece que estoy actuando.

–Es el peligro de llevar la corona tan joven. Pero debieras estar orgullosa de ti misma y de todo lo que has conseguido.

Dio un paso hacia ella. Su necesidad de acariciarla aumentaba por momentos.

–¿Y esta noche sí has sido tú misma, Elena, vestida de beduina?

–Así es, aunque parezca extraño –se rio–. Hace tiempo que no me sentía tan libre.

–Libre y, sin embargo, cautiva –Khalil no sabía por qué sentía la necesidad de recordarle su verdadera situación. Tal vez trataba de aferrarse a la realidad, cuando lo único que deseaba era quitarle el velo y el vestido a Elena.

–Ya no me siento prisionera, Khalil. Quiero estar aquí, contigo, por propia voluntad.

A él le pareció que la inocente Elena se había convertido en una seductora, una sirena. Ella avanzó hacia él levantándose el velo y le puso las manos en el pecho.

–Esta noche quiero olvidarme de todo, Khalil. De todo, menos de ti.

El deseo empañó el cerebro y la vista de Khalil.

–Elena...

–Por favor.

Él colocó las manos sobre las suyas con el propósito de quitárselas del pecho, pero en cuanto las tocó supo que no lo haría. Necesitaba aquello, porque no habría nada más. No podía haberlo.

–Elena... –repitió.

–No me digas que no –susurró ella.

–¿Sabes lo que me pides? –preguntó él con voz ronca.

–Sí, que me hagas el amor.

–Pero no sabes lo que significa.

Los ojos de Elena lanzaron chispas de irritación.

–No me digas lo que sé o dejo de saber. Soy plenamente consciente de lo que significa lo que te pido.

–¿Estás segura? Porque, si no me equivoco, eres virgen.

Ella se sonrojó, pero no bajó la vista.

–No se necesita experiencia para realizar una elección bien fundada.

Él estuvo a punto de echarse a reír ante su atrevimiento y su valor. Le apretó las manos mientras examinaba la posibilidad.

Una noche... Una maravillosa e increíble noche.

–Es peligroso.

–Sé que hay formas de evitar un embarazo si no tienes protección –afirmó ella ruborizándose.

–Pues resulta que sí tengo.

–¿Ah, sí?

–No porque fuera mi intención usarla, sino porque me gusta estar preparado.

–¿Has tenido muchas amantes? –preguntó ella con expresión de incertidumbre.

–No tantas como crees. Ninguna en el último año. He estado muy ocupado –«y ninguna como tú, virgen e inocente».

A Khalil le resultaba increíble estar pensando en hacer el amor con ella.

–Al decir que es peligroso no me refería a un embarazo no deseado, Elena, sino a los riesgos... emocionales.

–Soy consciente del riesgo, Khalil. Y no me hago ilusiones sobre que esto vaya a durar más de una noche. No te pido nada más.

–Lo sé.

–Entonces, ¿dónde está el problema? –le sonrió con coquetería–. Supongo que tendré que seducirte.

Khalil se sorprendió al tiempo que experimentaba una insoportable excitación.

–No creo que sea buena idea –sabía que ella no tendría que hacer mucho para que él se le rindiera. La tomaría en sus brazos y se perdería en sus besos y en su cuerpo.

Retrocedió un paso y ella sonrió con malicia.

—¿Tienes miedo, Khalil?

—No, me siento tentado, pero preferiría que no fuera así.

—¿Estás seguro? —alzó los brazos y comenzó a desenrollar el pañuelo que llevaba en la cabeza. Khalil se limitó a observarla extasiado. A continuación, ella se quitó el vestido y a él se le aceleró la respiración.

Debajo solo llevaba una camisola de algodón casi transparente. Él observó la redondez de sus senos y la sombra entre sus muslos, y ahogó un gemido.

Ella se le acercó. Sabía el efecto que tenía en él, lo cual la hacía atrevida e irresistible. Le puso las manos en el pecho y notó que se le aceleraba el corazón.

—Sigo pensando que no es buena idea, Elena.

—Pues qué pena, porque yo creo que lo es —se puso de puntillas y le rozó los labios con los suyos—. Ese es el segundo beso de mi vida —susurró—. El primero fue el de hace dos noches, cuando estaba sentada en tu regazo.

Él cerró los ojos. ¿Era el único hombre que la había besado? ¿Era ella consciente de lo mucho que le estaba ofreciendo y entregando? ¿Sabía lo mucho que podía sufrir después?

Khalil abrió los ojos, le agarró las manos y trató de apartarlas de su cuerpo.

—No quiero hacerte sufrir, Elena.

—No lo harás.

—Eso no lo sabes porque nunca has hecho esto antes.

—¿Y cuándo voy a tener la oportunidad de hacerlo, Khalil? —preguntó ella mirándolo con sinceridad—. Iba a entregarme a un hombre al que no conozco en beneficio de mi país. Ya no tengo esa posibilidad. Me la has quitado tú, así que me parece justo que me ofrezcas algo a cambio. Me debes la noche de bodas.

Él se rio.

—No lo había pensado.

—Pues piénsalo —dijo ella antes de volver a besarlo. Sus labios eran suaves y cálidos y sus senos le rozaron el pecho. Khalil la abrazó sin haber tomado la decisión consciente de hacerlo. La atrajo hacia sí y se apretó contra ella, ansiando su contacto. Y, cuando ella abrió los labios e instintivamente lo besó con mayor profundidad, supo que estaba perdido.

Aquello era lo que ella deseaba. Le rodeó el cuello con los brazos mientras él comenzaba a besarla y le introducía la lengua para explorarle la boca, lo cual le produjo escalofríos de placer.

Él deslizó una mano desde el hombro hasta el seno de ella, que se estremeció. La intensidad del placer le resultó casi dolorosa, al tiempo que exquisita.

Ella tiró de los hombros de la túnica y él se la quitó sin decir palabra, así como la camisa y los pantalones que llevaba debajo. Se quedó desnudo. Era hermoso, delgado, ágil, fuerte y muy musculoso. Más que nunca, a ella le recordó a una pantera que inspiraba admiración y algo de miedo.

La situación era nueva, maravillosa y emocionante para Elena. Pero también le producía un poco de miedo. Respiró hondo y esperó a que él llevara a cabo el siguiente movimiento, ya que no estaba segura de cuál podría ser.

Khalil le subió la camisola y ella alzó los brazos para que se la pudiera quitar. Él examinó su desnudez y ella se sintió un poco avergonzada.

—Eres muy hermosa, Elena.

—Tú también —susurró ella. Él, riéndose, la tomó de la mano y la llevó a la cama.

Se tumbaron cara a cara. Ella estaba sobreexcitada por el simple hecho de que el cuerpo desnudo de Khalil estuviera tan cerca del suyo. Su pecho era musculoso y, su vientre, plano. Ella miró más abajo y volvió a levantar la vista. Era inexperta y estaba nerviosa.

Khalil le tomó la mano y se la puso en el pecho.

—Podemos parar —dijo en voz baja—. Siempre podemos parar.

—No quiero hacerlo —respondió ella riendo temblorosa—. Eso no implica que no esté un poco nerviosa.

—Es comprensible —murmuró él antes de volver a besarla lenta y suavemente. El beso disipó todos los temores y los nervios de Elena.

Él deslizó la mano hacia abajo hasta llegar a su vientre y esperó. Elena temblaba de excitación. Quería que la acariciara por todas partes.

Sin dejar de besarla, Khalil deslizó la mano más abajo y volvió a esperar mientras sus dedos le rozaban el centro de los muslos.

Y, mientras la acariciaba con maravillosa habilidad, ella quiso acariciarlo también. Desde el pecho descendió hasta el abdomen y su excitada masculinidad, que envolvió con la mano. Él gimió de placer, lo que aumentó el atrevimiento de ella.

Con cada caricia de Khalil, se incrementaba en ella la presión, una necesidad que exigía satisfacción. Y, a pesar de su falta de experiencia, supo cómo la satisfaría.

Rodó hasta quedar tumbada de espaldas mientras él se ponía un preservativo. Después, él se colocó sobre ella sosteniéndose en los antebrazos. Jadeando, le preguntó:

—¿Estás segura?

—¡Claro que sí, Khalil! —respondió ella medio riendo

y medio sollozando porque estaba más que segura: estaba lista.

Y él la penetró lentamente. Ella, instintivamente, elevó las caderas y entrelazó las piernas en las caderas masculinas haciendo que la penetración fuera más profunda.

–¿Estás bien? –preguntó él.

–Sí, más que bien –y era cierto. Se sentía poderosa y querida, como si, con Khalil, pudiera hacer lo que se propusiera y ser la persona que debía ser. Creía que confiar en alguien te debilitaba y te hacía vulnerable. Pero en aquel momento se sentía fuerte y completa.

Él comenzó a moverse y la fricción de su cuerpo en el interior de ella incrementó el placer hasta tal punto que pensó que iba a estallar o a echar a volar por su intensidad.

Y entonces se produjo la explosión de placer. Elena lanzó un grito largo y cayó sobre la almohada con las piernas aún entrelazadas en el cuerpo de Khalil y la cabeza oculta en el hueco de su hombro.

Ninguno de los dos habló durante varios minutos. Elena sentía los acelerados latidos del corazón de Khalil junto a los suyos. Y se preguntó cómo había podido estar tanto tiempo sin experimentar semejante intimidad.

Khalil se separó de ella lentamente. Se tumbó de espaldas y miró al techo. De repente, a Elena le pareció distante.

–No te he hecho daño –no era una pregunta y ella negó con la cabeza.

–No.

–Muy bien –Khalil se levantó, magnífico en su desnudez, y fue a vestirse.

–Khalil, me debes una noche de bodas, no una

hora –dijo ella en tono de broma, aunque estaba muy nerviosa–. Vuelve a la cama.

Él la miró durante unos segundos y ella pensó que se iba a negar y que se iba a marchar dejándole solo recuerdos y remordimientos. Sin embargo, volvió a la cama y se sentó en el borde, lejos de ella. Elena vio que tenía en la espalda cicatrices en zigzag, pero supo que no era el momento de hacer preguntas.

–No quiero hacerte daño, Elena. Y no me refiero a daño físico.

Ella tragó saliva.

–Ya sé que no.

–Cuanta más intimidad haya entre nosotros, parecerá...

«Parecerá». La intimidad de esa noche no era real, al menos para él.

–Entiendo, Khalil. No tienes que volver a advertirme. Esta noche es una fantasía que acaba mañana. Lo entiendo y lo acepto.

Él soltó un cansado suspiro y ella le puso la mano en el hombro y tiró de él hacia ella. Al cabo de unos segundos de resistencia, él se tumbó a su lado y la abrazó.

A Elena le pareció que ese era su sitio en el mundo. Por esa noche.

Ninguno habló durante varios minutos. Khalil le acariciaba el cabello mientras ella con la cabeza y una mano apoyadas en su pecho estaba casi completamente satisfecha.

«Casi».

Saber que aquello era temporal disminuía su felicidad y corroía aquellos momentos de tranquilidad. Intentó prescindir de ese conocimiento y vivir en la fantasía.

Se imaginó que estaban casados de verdad, que la

ceremonia de esa noche había sido la suya: que eran esposo y esposa y estaban profundamente enamorados.

Mientras lo pensaba y añadía detalles, se dio cuenta de que estaba cometiendo una estupidez, ya que imaginarse semejante vida era peligroso.

Khalil no deseaba tener una relación; ella tampoco. Al menos, no hasta ese momento. Había decidido no buscar el amor, no confiarle a nadie el corazón y la vida. Ya lo había hecho una vez, aunque no de forma romántica, pero la traición la había herido profundamente y la había hecho dudar de sí misma.

¿Cómo podía haber confiado en alguien que la había utilizado de aquella forma? ¿Cómo iba a arriesgarse a confiar de nuevo en otra persona?

No, estaba mejor sin amor ni relaciones sentimentales. Era mejor la fantasía de una noche. Tal vez, si se lo repetía el número suficiente de veces, acabaría por creérselo.

–¿En qué piensas, Elena?

–En nada.

–Te has puesto tensa.

Ella notó que era cierto: estaba rígida en los brazos de Khalil y había cerrado la mano que tenía sobre su pecho. Él le extendió los dedos con suavidad antes de colocar su mano sobre la de ella.

–¿En qué pensabas?

–Estaba recordando –contestó ella suspirando.

–¿Los mismos recuerdos que te producen pesadillas?

–No, otros.

–Pero no eran buenos.

–No especialmente.

–Lo lamento.

–Yo también. Pero no quiero recordar cosas desagradables esta noche, Khalil, sino ser feliz.

–No voy a impedírtelo –apuntó él apretándole la mano.

–Lo sé, pero... –quería algo más que su aquiescencia; quería su participación–. ¿Por qué no fingimos, solo durante esta noche, que estamos... que estamos enamorados? –sintió que el cuerpo de él se tensaba y se apresuró a darle explicaciones–. Ya sé que no es así ni quiero que los estemos en la realidad. Pero me gustaría sentirme así una noche. Olvidarme de todo y gozar de los sentimientos que no me puedo permitir en la vida real –Elena se dio cuenta de que lo que decía era ridículo, pues, ¿no le estaba pidiendo que fingiese que la amaba?

Era absurdo y lamentable.

Khalil seguía sin decir nada.

–Puede que sea una estupidez –murmuró ella–. No era mi intención... No te preocupes que no me voy a... –quería decirle que podía estar tranquilo porque no iba a enamorarse de él ni a esperar determinados sentimientos y compromisos por su parte simplemente por haber tenido relaciones sexuales. Pero Khalil habló primero.

–Durante una noche. Creo que puedo hacerlo..., cariño.

La sorpresa de Elena dio paso a la alegría y el júbilo, por lo que soltó una carcajada.

–Eso te ha quedado muy bien –se burló ella.

–¿A que sí, cielo mío? –Khalil enarcó las cejas y le sonrió–. ¿Cómo debo llamarte, esencia de la dulzura?

Ella ahogó otra carcajada en la almohada.

–¿Esencia de la dulzura? ¿De dónde sacas esas expresiones?

–Me salen espontáneamente, pétalo cubierto de rocío. ¿No se nota?

A ella se le saltaron las lágrimas de la risa.

–Lo siento, pero no.

Khalil se colocó encima de ella.

–Qué dilema. Puesto que parece que no soy capaz de decirte cuánto te quiero, te lo tendré que demostrar.

La risa de Elena se detuvo bruscamente cuando él hizo precisamente eso con la boca, las manos y el cuerpo. Y, en efecto, le hizo una excelente demostración.

Capítulo 9

KHALIL se despertó con el sol entrando a raudales en la tienda y el cabello de Elena esparcido sobre el pecho. Habían dormido toda la noche abrazados y con los cuerpos entrelazados. Y había sido maravilloso.

«Insoportablemente maravilloso».

¿Qué lo había impulsado a participar en el juego de ella de fingir que estaban enamorados? ¿Y qué decir del hecho de haberse acostado con ella y de haberle hecho perder la virginidad? Daba igual que Elena le hubiera dicho que entendía los riesgos emocionales: era peligroso tanto para ella como para él, porque ya volvía a desearla. Y no solo en la cama.

«En su vida».

Y no había sitio para la reina de Talía en ella.

Los días y las semanas siguientes serían cruciales para su campaña para acceder al trono que legalmente le pertenecía. No podía desperdiciar su energía ni sus pensamientos en nada que no fuera su objetivo, que había alimentado desde que tenía siete años y lo habían abandonado en el desierto como a un perro. Y lo habían tratado como a tal, a patadas y golpes.

En cualquier caso, el amor no era para él. No sabía amar. Confiarle a otra persona nada menos que su corazón era poco menos que imposible. Deseaba fiarse de los demás, de hombres como Assad, que le había jurado lealtad, pero siempre sospechaba y rece-

laba. Seguía esperando el puñal en la espalda: la traición.

En una vida así, el amor no ocupaba lugar alguno;
las relaciones tampoco, salvo por conveniencia.

¿Y Elena? La miró mientras dormía plácidamente.
A pesar de la lista mental de motivos que había elabo-
rado para dejarla, el deseo se agitaba en su interior.

Maldiciendo entre dientes se libró de su abrazo.
Ella se removió, pero él ya estaba vistiéndose dándole
la espalda.

Una mujer entró en la tienda con una jarra de agua
caliente y él volvió a maldecir. Toda la tribu sabría
que habían pasado la noche juntos y que habían con-
sumado su unión.

Y ya no era viable su plan de explicar más adelante
por qué habían viajado solos Elena y él. Se había
comportado de forma deshonrosa y la tribu lo sabría.
Cuando se enteraran de que Elena y él no estaban
casados, se sentirían traicionados y furiosos.

Había resultado un fiasco. Y todo por lo mucho
que deseaba a Elena. ¿Cómo había sido tan débil?

–Khalil...

Se volvió y la vio sentada en la cama, con el cabello oscuro cayéndole por los hombros, los ojos soño-
lientos, pero ya recelosos.

–Tenemos que irnos –dijo él con brusquedad–. Assad va a venir con un vehículo esta mañana, nos lle-
vará al campamento y, de ahí, iremos a Siyad. Mañana a esta hora estarás de vuelta en Talía.

Elena apartó la vista, pero él supo el daño que le
había causado. Ya se lo había advertido. Sin embargo,
no podía culparla. Solo podía culparse a sí mismo.
Sabía que ella era virgen e inexperta, por lo que la
noche pasada juntos significaría mucho para ella, a
pesar de que hubiera dicho que no sería así.

Pero a él le sucedía lo mismo, por lo que se sentía incómodo.

Y no sabía qué hacer, cómo arreglar las cosas con Elena, con la tribu, con su país, que estaba al borde de la guerra civil.

Estaba metido en un verdadero lío.

Cuando Khalil hubo salido de la tienda, Elena se levantó de la cama y agarró el vestido beduino que él le había quitado la noche anterior. ¿Había sido la noche anterior? Le pareció que había pasado toda una vida, una vida distinta en que había conocido el placer, la alegría y el amor.

Todo había sido fingido.

Suspiró y vio que su ropa occidental estaba al lado de la jarra de agua. Se lavó rápidamente tratando de quitarse el olor de Khalil del cuerpo antes de ponerse la ropa con la que había llegado al campamento.

Después de haber desayunado con las otras mujeres había recuperado parte del equilibrio, además de su determinación. Khalil no estaba.

Ya la habían herido antes. Y esa vez solo podía culparse a sí misma. Khalil había sido sincero, a diferencia de Paulo. Le había dicho lo que podía esperar y había cumplido su palabra. No podía culparlo.

Ella había tenido su noche, su fantasía, y guardaría su recuerdo, pero no dejaría que la dominase ni la consumiese. La vida debía seguir y, puesto que iba a ser liberada, debía pensar en su regreso a Talía.

Después del desayuno, Khalil fue a buscarla. Su expresión era extremadamente sombría. Incluso así estaba guapo. Sus ojos brillaban con la intensidad del fuego.

–¿Estás lista? Nos marcharemos lo antes posible.

–Sí, respondió ella al tiempo que se levantaba y se sacudía las migajas del regazo.

Elena lo siguió. Assad los esperaba con un todoterreno con cristales tintados. Era un vehículo similar a aquel en que la habían llevado al secuestrarla, pensó ella mientras se montaba. Ahora la conducían a una libertad que no estaba segura de desear.

Recorrieron el inacabable desierto. Khalil y Elena iban en el asiento trasero sin hablar y sin tocarse.

A pesar del dolor que el silencio de él le causaba, Elena se obligó a pensar de manera práctica. Al cabo de dos días estaría en Talía. ¿Qué habría hecho Andreas Markos durante su ausencia? ¿Se habría enterado de su secuestro o Aziz habría conseguido mantenerlo en secreto?

–¿Has tenido noticias? –preguntó de pronto a Khalil–. ¿Ha reconocido Aziz que no estoy? ¿Lo sabe el Consejo de mi país?

–Aziz no ha reconocido nada. Dudo que el Consejo esté al corriente de lo sucedido.

–Pero... ¿cómo se lo ha explicado?

–No ha explicado nada. Contrató a una mujer para hacerse pasar por ti y parece que todo el mundo, incluyendo tu Consejo, se lo ha tragado.

–¿Ah, sí? –dijo ella cuando se hubo recuperado de la sorpresa–. Pero...

–Lo único que sé es que salió al balcón del palacio con ella hace dos días. Gracias a la distancia, pudo engañar a la gente. Supongo que el Consejo no esperaba tener noticias tuyas.

–No hasta mi regreso –se suponía que estaría de luna de miel–. Debieras habérmelo dicho.

–¿Con qué fin?

–Hubiera estado bien saberlo –miró por la ventanilla con sentimientos encontrados. No le había sor-

prendido que Aziz hubiera buscado un plan alterna-
tivo. Pero se sentía dolida, no por lo que Aziz había
hecho, sino por lo que Khalil había dejado de hacer.
No habérselo contado a ella era un movimiento tác-
tico, una forma de tratarla como un peón en vez de
como... ¿qué?

¿Qué era para él?

Nada, evidentemente. Cerró los ojos y lo vio cu-
briéndola de besos la noche anterior mientras ambos
se reían. «Era fingido, y lo sabías», se dijo.

Pero le dolía igual.

—Podré decirte algo más cuando lleguemos al campamento. ¿Qué harás cuando vuelvas a Talía?

—¿Acaso te importa?

—Por algo te he hecho la pregunta.

—No lo sé. Depende del estado en que se encuentre
el país y el gobierno.

—Al presidente del Consejo no le habrá dado
tiempo a pedir que se vote la abolición de la monarquía.

—No, pero lo hará en cuanto pueda.

—Mientras tanto, podrías casarte con alguien.

—Los esposos adecuados escasean.

—¿En serio? —Khalil miró por la ventanilla con el
ceño fruncido—. ¿A qué acuerdo habías llegado con
Aziz?

—Ya te lo he dicho.

—Me refiero a los términos prácticos.

Desconcertada, Elena estuvo a punto de pregun-
tarle por qué quería saberlo.

—Era un asunto de conveniencia para ambos. Divi-
diríamos el tiempo entre Talía y Kadar y cada uno
gobernaría su país.

—¿Y eso era del agrado del Consejo?

—El Consejo no conocía todos los términos del

acuerdo. Supongo que asumió que yo estaría más bajo la influencia de Aziz.

—¿Y no le importaba que un extranjero gobernara el país?

—Aziz es de sangre real, y ya te he dicho que los miembros del Consejo son muy tradicionales. Querían que yo estuviera dominada por un hombre.

—¿Y qué hay de los posibles herederos?

Ella se sonrojó levemente.

—¿Por qué estamos hablando de esto, si puede saberse?

—Me pica la curiosidad.

—¿Y quieres que yo la satisfaga? —explotó ella—. ¿Para qué? Nada de ello va a suceder y, de todos modos, no es asunto tuyo.

Él se volvió a mirarla con expresión pétrea.

—Hazme el favor.

—Pensábamos tener dos hijos, un heredero para cada reino.

—¿Y dónde se hubieran criado?

—Al principio, conmigo, y cuando fueran mayores dividirían su tiempo entre cada país —ella apartó la vista, consciente de lo frío que parecía aquello—. Sé que no es la solución ideal, pero estábamos desesperados.

—Me doy cuenta.

—De todos modos, ya no importa.

—Pero sigues creyendo que necesitas un esposo.

—Sí —respondió ella suspirando—, pero puede que tengas razón y que sea capaz de enfrentarme al Consejo sola y convencerlo de que no someta a votación mi corona.

—Es un riesgo.

—No pareces tan dispuesto a animarme como antes.

—Tienes que ser tú la que decida.

–Como no hay nada que decidir, puesto que no hay ningún candidato a ser mi esposo, esta conversación no tiene sentido.

–Puede que sí –dijo él antes de volver a mirar por la ventanilla–. Y puede que no.

Podía casarse con ella. La idea le produjo pánico. Nunca había contemplado la posibilidad del matrimonio. Pero, desde que esa mañana había entrado en la tienda la mujer con el agua, y él se había dado cuenta de la repercusión de haber pasado la noche con Elena, no había dejado de darle vueltas.

Podía casarse con Elena, con la mujer que estaba destinada a ser la esposa del jeque de Kadar. Contribuiría a reforzar su aspiración al trono, lo estabilizaría y ella obtendría lo que deseaba.

¿Por qué no?

«Porque es peligroso. Porque los riesgos emocionales contra los que le previniste a ella también se te pueden aplicar a ti. Y porque ya sientes algo por ella», se dijo.

Elena había hablado de una unión fría y por motivos de conveniencia, pero ¿sería así si él era su esposo? ¿Sería capaz de no amarla?

El cerebro le bullía. Sentía el choque de sus deseos con la necesidad de protegerse a sí mismo y con la necesidad de estar con ella y de quererla.

Y Elena, ¿lo quería? ¿Qué clase de matrimonio querría que fuera el de ellos dos?

Cuando llegaron al campamento, Khalil se separó de Elena. Leila fue a buscarla y la llevó a su tienda.

–Tal vez quiera bañarse –le sugirió Leila. Elena

asintió y le dio las gracias. Estaba desbordada por los acontecimientos: el final de su cautiverio, sus responsabilidades en Talía y su relación con Khalil.

Un cuarto de hora después, dos hombres llegaron a llenar la bañera de agua caliente. Leila esparció pétalos de rosa y dejó una toalla y un jabón que olía muy bien.

–Gracias –dijo Elena emocionada–. Es usted muy amable.

–De nada, Majestad –dijo Leila antes de marcharse.

Metida en la bañera, Elena pensó en Talía y en asuntos de estado. No tenía esposo. Podía explicar por qué y, puesto que parecía que Khalil sería el nuevo jeque, pensó que el Consejo lo aceptaría.

Pero, al cabo de unas semanas, si continuaba soltera, Markos sometería a votación la abolición de la monarquía. Tendría que convencerlo de que no lo hiciera o, como mínimo, convencer al Consejo de que no votara en su contra.

¿Podría hacerlo sola? ¿Arriesgaría su corona de ese modo? Khalil creía en ella, posiblemente más que la propia Elena. Pero no podía arriesgarse. Una boda real y un esposo devoto era lo que la salvaría, con independencia de lo que hubiera dicho Khalil sobre su fuerza para enfrentarse al Consejo sola.

Suspirando, apoyó la nuca en la bañera. La única manera de evitar el desastre sería volver a Talía con un esposo.

Por desgracia, eso era imposible... a no ser que se casara con Khalil.

Elena sonrió sin alegría al imaginarse la reacción horrorizada de Khalil ante la idea. No accedería a casarse con ella. Ya lo había consternado la posibilidad de que ella albergara sentimientos tiernos hacia él. Y había hablado con desprecio de su acuerdo con Aziz.

Elena se irguió de pronto e hizo que el agua se derramara por los lados de la bañera. Casarse con ella podía beneficiarlo. Había visto la aprobación de los beduinos con los que habían estado, lo mucho que les había gustado verlo con su esposa.

Y como se habían comportado como si estuvieran casados...

¿Sería posible? ¿Se atrevería a planteárselo a Khalil? Se estremeció al imaginarse su rechazo y la humillación que sentiría.

Sin embargo, recordó que su padre se había lanzado sobre ella para salvarle la vida. Se había sacrificado por Talía y por la monarquía. ¿Cómo no iba a hacer ella lo que fuera necesario para asegurar su continuidad?

Una hora después se había puesto el vestido de algodón rosa que le había llevado Leila. Se recogió el pelo en un moño y deseó tener alguna joya o maquillaje para sentirse mejor preparada. Iba a hablar con Khalil, a agarrar el toro por los cuernos.

Salió de la tienda, pero dos guardias le bloquearon inmediatamente el paso.

–¿Todavía creen que voy a huir al desierto? –preguntó furiosa.

–¿Necesita algo, Majestad?

–Quiero hablar con Khalil.

–No está...

–¿Disponible? Pues que lo esté. Tengo que hablar con él. Es importante.

Leila llegó corriendo con cara de preocupación.

–¿Pasa algo, Majestad?

–Quiero hablar con Khalil. ¿Sabe dónde está?

Leila la miró con tristeza y Elena tuvo la terrible sospecha de que sabía que se había acostado con Khalil.

–Sí, sé dónde está –Leila dijo algo en árabe a los guardias, pero en voz tan baja que Elena no la entendió. Después se volvió hacia ella–. Venga conmigo.

Leila la condujo a una tienda situada al otro lado del campamento. Se detuvo en la entrada y le dijo:

–Khalil ha sufrido mucho, Majestad. Con independencia de lo que haya sucedido entre ustedes, recuérdelo, por favor.

Así que Leila lo había adivinado. Elena la miró a los ojos.

–Solo quiero hablar con él.

–Lo sé, pero me doy cuenta de que usted sufre, y lo siento. Khalil también sufre.

¿Que Khalil sufría? Elena entró rumiando esas palabras en la tienda y vio a Khalil, que estaba sentado a una mesa plegable, escribiendo. No alzó la cabeza, sino que levantó la mano y le indicó que esperara.

–Espera un momento, Assad, por favor.

–No soy Assad.

Él alzó la vista con rapidez y la miró. Ella le sostuvo la mirada, mejor dicho, lo fulminó con la mirada.

–Elena –se recostó en la silla–. ¿Necesitas algo?

–Me dijiste que mirarías las noticias –le recordó ella.

–Lo he hecho. De momento no hay nada. Aziz no ha dicho nada.

–¿Y cómo vas a devolverme a Talía? –preguntó ella con frialdad–. ¿En el avión real? ¿En clase turista? ¿O vas a envolverme en una alfombra como a Cleopatra y a desenvolverme en el salón del trono del palacio de Talía?

–Es una posibilidad interesante. ¿Por qué estás tan enfadada?

–No estoy enfadada.

–Pues lo pareces.

–Estoy frustrada, que no es lo mismo.

–Muy bien. ¿Por qué estás frustrada?

–Porque vine a Kadar con un plan para salvar el trono y me he quedado sin plan.

–Te refieres a tu matrimonio.

–Sí.

–¿Y qué quieres que haga al respecto?

–Me alegra que lo preguntes –Elena respiró hondo, intentó sonreír y lo miró a los ojos–. Quiero que te cases conmigo.

Capítulo 10

ELENA se le había adelantado, pensó Khalil, desconcertado, al tiempo que lo invadía el pánico. Llevaba todo el día examinando la posibilidad de casarse con ella como una solución a los problemas de ambos. Sin embargo, al mirarla en aquel momento y ver sus ojos brillantes de esperanza y resolución, se resistió. Tenía que haber otra solución.

Negó con la cabeza.

—Eso es imposible.

—¿Por qué?

—Porque no deseo hacerlo ni tengo motivos, Elena —era mejor ser brutal—. Puede que tú estés desesperada, pero yo no.

Ella se estremeció levemente.

—¿Estás seguro, Khalil?

—Totalmente. Me pediste una noche de bodas, no una boda.

—Pues te la pido ahora.

—Y te digo que no —se levantó tratando de controlar el pánico que lo invadía—. Esta conversación se ha acabado.

Ella enarcó las cejas y su boca dibujó una leve sonrisa. Una boca que él había besado. Khalil se obligó a levantar la vista, pero sus ojos le recordaron que habían estado llenos de deseo y alegría cuando él la había penetrado. Su cabello le recordó su suavidad al estar extendido sobre su pecho. Todo en ella era peligroso; cada recuerdo era un campo minado de emoción.

–¿Ni siquiera quieres pensarlo?

–No.

–Pareces asustado, Khalil –y él se enfureció porque era verdad. Hablar de matrimonio lo aterrorizaba porque temía que no se tratara del arreglo de conveniencia al que había llegado con Aziz. Ella querría más. Y él también. Y eso era muy peligroso.

–No es posible.

–¿Aunque hayas dicho que estamos casados?

–No se lo he dicho a nadie –replicó él con furia.

–Como si lo hubieras hecho. El resultado es el mismo. Y tendrá consecuencias para ti.

–Lo sé perfectamente –dijo él en tono condescendiente, que supo que era la forma más rastrera de autodefensa. Todo lo que ella decía era verdad, pero él se empeñaba en llevarle la contraria–. Como ya te he dicho, cuando la gente sepa la verdad, seré jeque.

–¿Y es así como quieres empezar a gobernar? ¿Con una mentira?

Él apretó los labios para reprimir la ira.

–No especialmente, pero las cosas han salido así. Lidiaré con las consecuencias lo mejor que pueda –todo a causa de su estúpida debilidad por Elena.

–¿Y si tu pueblo cree que también le has mentido en otras cosas? ¿Y si suponen que has mentido sobre tu parentesco y que Aziz es el verdadero heredero?

Igual que había mentido su padre. Darse cuenta avergonzó y enfureció a Khalil.

–¿Tratas de convencerme de que me case contigo del mismo modo en que me convenciste de que me acostara contigo? –ella se estremeció y apartó la vista. Khalil maldijo en voz baja–. Elena, entiendo que necesites un esposo, pero no soy yo el hombre que buscas.

–Muy bien –susurró ella sin mirarlo. La furia abandonó a Khalil. Quiso abrazarla y quitarle la tristeza a besos.

Pero no podía casarse con ella. No podía ceder a esa debilidad y arriesgarse a sufrir.

–Necesitas un esposo adecuado.

–Y tú una esposa adecuada –lo miró desafiante–. Tu pueblo quiere que te cases. Lo vimos cuando estuvimos con los beduinos. Un día necesitarás un heredero...

–Un día –la interrumpió Khalil–. Todavía no.

–No voy a pedirte nada que no quieras darme –continuó ella obstinadamente–. No me enamoraré de ti ni exigiré que me dediques tiempo y atención. Podemos llegar a un acuerdo como el que tenía con Aziz.

–No pronuncies su nombre –la voz de Khalil restalló como un látigo. Elena se sobresaltó; él también.

¿De dónde procedía tanta emoción, tanta ira y tanto dolor? Al pensar en ella con Aziz le hervía la sangre y se le revolvía el estómago. No soportaba pensar en ella con ningún otro, ni siquiera con un hombre al que no amaba y al que casi no conocía.

Se miraron con ira y atracción; deseo y frustración.

–No lo haré –dijo ella en voz baja–. Pero al menos podrías pensarlo, Khalil. Un día tendrás que casarte. ¿Por qué no conmigo? A no ser que esperes enamorarte.

–No.

–Entonces...

Él negó con la cabeza. No estaba dispuesto a decirle por qué rechazaba su proposición. No podía reconocer delante de ella que estaba asustado.

–¿Y a ti no te interesa el amor?

Ella vaciló y él contempló la verdad en sus ojos: le interesaba, pero no iba a reconocerlo.

–No puedo permitírmelo.

–Puede que un día desees que alguien te quiera –comentó él intentando parecer razonable cuando le corroían los celos al pensar en que otro hombre la amara.

–No lo haré. No me lo permitiré.

–¿Aunque lo desees?

–¿Tienes miedo de que me enamore de ti, Khalil?

No, lo que lo aterrorizaba era la posibilidad de que él ya estuviera enamorado de ella.

–Dicho así, suena arrogante.

–Intentaré evitarlo –dijo ella en tono ligero. Pero él tuvo la sensación de que hablaba en serio. No quería enamorarse de él. ¿Por qué iba a quererlo? Solo la haría sufrir, ya que no correspondería a su amor.

Aunque tal vez ya lo hiciera.

–Sé que a los dos nos han hecho daño –dijo Elena– y que no queremos volver a sufrir. Por eso, el trato que te propongo tiene lógica.

Él sabía que era cierto y que no debiera oponerse, sino discutir las condiciones.

Elena no deseaba su amor, no le exigiría nada en el plano emocional. En ese sentido, sería la esposa perfecta.

Sin embargo, la miró y vio esperanza y tristeza en sus ojos. Y él sintió lo mismo. Y supo que, a pesar del acuerdo al que llegaran, casarse con ella sería peligroso.

Por muy práctica que fuera la propuesta de Elena, no podía aceptarla.

–Lo siento, Elena, pero no me casaré contigo.

Ella lo miró fijamente durante unos segundos con los ojos llenos de tristeza y asintió lentamente.

–Muy bien –y salió de la tienda sin añadir nada más.

Khalil miró el espacio vacío que había dejado. La cabeza le daba vueltas y tenía el corazón desgarrado. Detestaba la sensación de pérdida que sentía.

Había valido la pena intentarlo, se dijo Elena mientras volvía a la tienda, escoltada por los mismos hombres que montaban guardia en ella. Ellos no hablaron ni ella tampoco, porque era incapaz de pronunciar una sola palabra. Le dolía la garganta y temía romper a llorar si abría la boca.

De vuelta en la tienda, se sentó en la cama y parpadeó con fuerza para contener el dolor y la pena que experimentaba. Casi enfadada consigo misma, se preguntó por qué se molestaba en hacerlo. ¿No era mejor llorar a lágrima viva? ¿Dar salida a todo lo que sentía? Nadie la oiría ni pensaría que era débil, estúpida o propio de una mujer.

Se tumbó en la cama en posición fetal. Llorar le resultaba muy difícil. Llevaba guardándose todo mucho tiempo porque debía hacerlo. Los hombres como Markos siempre estaban buscando grietas en su armadura, formas de debilitar su autoridad. Soltar una sola lágrima hubiera sido proporcionarles nuevos argumentos. La única vez que había llorado había sido a raíz de una pesadilla.

En brazos de Khalil.

Se estremeció y se apretó las rodillas con fuerza, cerró los ojos y sintió que la presión crecía en su interior. Por fin derramó la primera lágrima, que fue seguida de muchas más. Estaba llorando. Apretó el rostro contra la almohada y dio rienda suelta a su dolor.

No solo estaba triste porque no habría boda y por Khalil, sino por muchas otras cosas: la muerte de sus padres y el no haberlos llorado como hubiera debido;

la ruptura de su relación con Paulo y su consiguiente decepción; los cuatro solitarios años que había soportado como reina trabajando por el país que amaba y sufriendo el desprecio de Markos y los demás consejeros mientras intentaba por todos los medios conservar lo que sus padres querían que conservase.

Y, sí, también lloraba por Khalil. La había ayudado mucho, había conseguido que se abriera a él y que volviera a confiar. Lo echaría mucho de menos, mucho más de lo que él se imaginaba.

Khalil volvió a los informes que estaba leyendo cuando había llegado Elena. Hablaban de la respuesta del pueblo a Aziz y de encuestas que demostraban que, fuera de Siyad, no era aceptado como jeque. Eran noticias que debieran haberlo animado, pero estaba inquieto e insatisfecho a causa de Elena. O, mejor dicho, a causa de cómo había reaccionado él ante su proposición de matrimonio.

Debiera haberla aceptado. Debiera haber sido lo bastante fuerte e implacable como para aceptar un matrimonio que estabilizaría el país. Sin embargo, se había dejado llevar por el miedo, lo cual lo puso furioso.

–¿Majestad?

Khalil hizo una seña a Assad para que entrara, agradecido por la distracción.

–¿Tienes noticias, Assad?

Khalil lo había conocido ocho años antes en la Legión Extranjera francesa. Habían luchado y reído juntos y se habían salvado mutuamente la vida en más de una ocasión. Y Assad había hecho posible su vuelta a Kadar buscando apoyos para él y protegiéndolo.

Al contemplar su expresión pétrea y sombría le preguntó:

—¿Pasa algo?

—Aziz se ha casado.

Khalil se quedó inmóvil. Sabía que existía ese riesgo, pero se sorprendió.

—¿Que se ha casado? ¿Con quién?

—No lo sabemos con certeza. Creemos que con algún miembro de su personal: su ama de llaves o alguien similar.

—¿Se ha casado con el ama de llaves? —«pobre Elena», pensó. Con independencia de lo que sintiera por Aziz, para ella sería un duro golpe. Sobresaltado, se reprochó estar pensando en ella.

Aziz había cumplido las condiciones del testamento de su padre. Sería jeque.

Khalil se levantó bruscamente y comenzó a recorrer la tienda a grandes zancadas.

—No todo está perdido, Khalil —dijo Assad olvidándose por una vez de su título—. Aziz no goza de mucha simpatía entre el pueblo. Casarse con una criada a escondidas hará que su popularidad disminuya aún más.

—¿Y qué importa eso? —le espetó Khalil—. Ha cumplido las condiciones del testamento: es el jeque.

—Pero muy pocos lo desean.

—Me estás hablando de una guerra civil. No creí que Aziz llegara tan lejos.

Y tampoco estaba seguro de hasta dónde llegaría él, porque arriesgar tanto por la corona, poner en peligro a su pueblo, no era una posibilidad que estuviera, en aquel momento, dispuesto a considerar. Las cosas habían cambiado. Ya no era el hombre frío y cruel que había sido. Pero, si no era jeque, ¿qué era?

—La guerra civil no es la única opción. Puedes hablar con Aziz y exigirle que convoque un referendo.

Khalil se rio sin alegría.

–Tiene todo lo que desea. ¿Por qué iba a acceder a convocarlo?

–Porque sería un enfrentamiento justo. Puede que Aziz quiera acallar los rumores y la inquietud. Si gana la votación, su trono estará asegurado.

Y Khalil ya no tendría posibilidad alguna. Tendría que aceptar la derrota, algo a lo que no estaba dispuesto.

–Hay mucha gente en Siyad –dijo en tono irónico.

Assad sonrió.

–Y mucha en el desierto –afirmó este.

–Puede que Aziz no quiera verme. No nos hemos visto desde que éramos niños.

–Inténtalo. Estás en mejor situación que él. La lealtad del pueblo está contigo, no con Aziz.

–Lo sé –¿se merecía semejante lealtad? ¿Podía fiarse de ella? Sabía la facilidad con la que alguien podía volverse contra ti. El día antes de expulsarlo del palacio, su padre se había sentado con él en una de sus clases y le había dado una palmadita debajo de la barbilla cuando acabó de recitar la tabla de multiplicar.

Eran recuerdos estúpidos, pero que le seguían doliendo.

–Entonces, ¿hablarás con Aziz?

Khalil se revolvió el cabello. Mil pensamientos giraban en su mente, pero uno se le presentó como la manera de hacer más sólida su posición y reforzar su aspiración al trono: casarse con Elena.

La que había sido la prometida de Aziz. La mujer que el pueblo había aceptado como futura esposa del jeque. La mujer que al menos una tribu consideraba su esposa.

Había reaccionado en contra de la idea con tanta

intensidad porque no quería poner en peligro sus emociones ni su corazón. Así que no lo haría. Él, como Elena, no podía permitirse buscar el amor. Controlaría sus emociones y tendrían el matrimonio que ambos deseaban.

La mera idea de volver a estar con ella lo inundó de deseo.

—La criada ni siquiera es de Kadar –comentó Assad, y Khalil se preguntó si su amigo y mano derecha le había leído el pensamiento.

—Elena tampoco –respondió Khalil. Assad sonrió, por lo que Khalil supo que había pensado lo mismo que él.

—Casarte con ella te beneficiaría.

—Lo sé –Khalil respiró hondo–. Lo sé.

—¿Entonces?

—Voy a buscarla –tal vez al día siguiente, a esa misma hora, ya estuvieran casados.

El campamento estaba oscuro y tranquilo mientras se dirigía a la tienda de Elena, presa de sentimientos encontrados: resolución, resignación y una chispa de excitación que intentaba suprimir.

Sí, volvería a disfrutar del cuerpo de Elena, pero su matrimonio sería de conveniencia.

Los guardias se echaron a un lado para que pasara. Khalil entró y se detuvo al ver a Elena acurrucada en la cama sollozando como si se le partiera el corazón.

O como si él ya se lo hubiera partido.

—¡Elena, Elena!

Elena sintió que unas fuertes manos la agarraban por los hombros, la separaban de la húmeda almohada y la acunaban contra un pecho aún más fuerte.

Khalil. Durante unos segundos disfrutó de su contacto, pero después recordó que estaba llorando y se deshizo del abrazo.

–Debieras haber llamado –le reprochó mientras se secaba las lágrimas con la mano. Debía de tener un aspecto horrible, con la cara hinchada y los ojos rojos.

–¿Cómo voy a llamar en una tienda?

–Ya sabes a lo que me refiero.

–Tienes razón. Debiera haberlo hecho. Lo siento. ¿Por qué lloras, Elena?

–Han sido dos días muy largos. Estaba... estoy cansada.

–No creo que lloraras simplemente por estar cansada.

–¿Qué más te da?

–Me da igual, pero quiero saberlo.

–Hay muchas cosas en mi vida que no tienen nada que ver contigo, Khalil. Puede que llorara por eso –no iba a reconocer que lloraba por él y por todo lo que le había salido mal en la vida.

–No suponía que fuera por mí –dijo él en voz baja y aparentemente tranquila.

–¿Ah, no? Desde que pasamos la noche juntos, estás paranoico pensando que me he obsesionado contigo. Te aseguro que no es así.

–Qué alivio.

–¿Verdad?

Se fulminaron mutuamente con la mirada. Elena se cruzó de brazos y él apretó los dientes.

–¿A qué has venido? –preguntó ella–. ¿Hay noticias?

–Sí.

–¿Qué sabes? ¿Ha convocado Markos una reunión del Consejo?

–No sé nada de Talía. Creo que siguen creyendo

que estas sana y salva con Aziz. Sé algo sobre él. Se ha casado, tal como tú dijiste que haría.

—¿Ah, sí? ¿Lo ha hecho dentro del plazo de las seis semanas?

—Sí.

—Entonces ha cumplido las condiciones...

—Del testamento de mi padre, en efecto. ¿No estás triste?

Ella lo miró con incredulidad.

—¿Por Aziz? Hace mucho que renuncié a él, Khalil.

—Sí, pero ha elegido a otra muy deprisa.

—Lo mismo que he hecho yo. Al menos, a él no lo han rechazado.

—No... Sobre tu proposición...

—No hace falta que me recuerdes que no quieres casarte conmigo bajo ningún concepto. Lo he entendido a la primera.

—Siento haber parecido tan... negativo.

—Eso es quedarse corto —Elena se dijo que era mejor reír que llorar. De todos modos, no creía que le quedaran lágrimas. Solo estaba cansada y resignada a que nada fuera a ser fácil, a que probablemente perdería la corona.

—Me pillaste por sorpresa. No esperaba...

—Lo sé —ella negó con la cabeza, exasperada, exhausta—. ¿Por qué estamos hablando de esto?

—Porque he cambiado de opinión.

Ella parpadeó varias veces mientras asimilaba el significado de sus palabras.

—¿Qué?

—Que he cambiado de parecer. Quiero casarme contigo.

Elena abrió la boca y la volvió a cerrar.

—Qué encantadora proposición.

–No seas absurda. Se trata de nuestra mutua conveniencia.

–Hace una hora no pensabas lo mismo.

–El matrimonio de Aziz me ha hecho darme cuenta de que necesito reforzar mi posición.

–Pero, si se ha casado, cumple los requisitos del testamento. ¿Cómo vas a luchar contra eso?

–No puedo. No quiero iniciar una guerra. Lo único que puedo hacer es enfrentarme a él de forma abierta, exigir que convoque un referendo. Tal vez hubiera debido hacerlo antes, pero me pareció que Aziz lo rechazaría con facilidad. Puede que todavía lo haga.

–Y casarte conmigo reforzaría tu posición a la hora del voto.

–Sí.

–Es un gran sacrificio para ti –dijo ella con dureza–. Solo para que te voten.

–Soy el jeque legítimo –afirmó Khalil levantando la voz por la fuerza de su convicción–. Eso es lo que soy y lo que seré. Llevo toda la vida esperando el día en que subiré al trono. No por venganza, sino por justicia. De todos modos, casarme contigo no es un sacrificio –añadió sonriendo.

–¿Ah, no?

–¿No somos amigos? Y hemos disfrutado mutuamente de nuestros cuerpos. Ninguno de los dos desea nada más –volvió a sonreír y le acarició el rostro.

–Menudo cambio de postura –dijo ella lanzando un bufido.

–Reconozco que tu proposición me pilló desprevenido. Reaccioné emocionalmente, no con sensatez.

–Creía que carecías de emociones.

–Sabes que no es así, Elena –dijo él mirándola con los ojos como ascuas–. Te seré sincero. Esto me asusta.

—A mí también, Khalil.

—Por eso estamos de acuerdo en que sea un matrimonio de conveniencia: porque ninguno de los dos
quiere volver a sufrir.

—Eso es —afirmó Elena, pero su voz le sonó hueca.
No querían volver a sufrir, pero se preguntó si serían
capaces de evitarlo.

Capítulo 11

ELENA contempló el cielo azul por la ventanilla del jet real y se maravilló de lo mucho que habían cambiado las cosas. Dos días antes estaba sollozando en la cama, atrapada en medio del desierto, sin posibilidades ni esperanza.

Ahora volvía en avión a Talía con Khalil a su lado. Planeaban casarse al cabo de unos días y todo era posible.

Bueno, casi todo. Miró de reojo a Khalil, sentado con el ceño fruncido y los labios apretados. Apenas había hablado con ella desde que había reconsiderado su proposición de matrimonio. Elena se había preguntado más de una vez si había hecho bien en aceptar su cambio de idea.

Pero, unos segundos antes de hacerlo, mientras él esperaba su respuesta, había visto una expresión de incertidumbre en su rostro, como si esperara que lo fuera a rechazar.

Esa muestra de vulnerabilidad había desaparecido instantáneamente, pero había permanecido en la mente y el corazón de ella, porque convertía a Khalil en un hombre tierno y con secretos, en alguien que comenzaba a comprender cada vez mejor.

Lo cual violaba los términos de aquel matrimonio de conveniencia, cuya idea había sido de ella. Si deseaba algo más..., era su problema.

Tenía cosas más importantes en que pensar, como

que tendría que enfrentarse al Consejo al cabo de unas horas, con un prometido que no era el que esperaba. Estaba agradecida a Khalil por haber accedido a acompañarla a Talía y a casarse en una ceremonia privada en el palacio.

Después de que se lo hubiera presentado al Consejo, volverían a Kadar y Khalil exigiría a Aziz que convocara un referendo. Solo se había hecho público que Aziz se había casado, no con quién. En Siyad, todo eran especulaciones. Elena esperaba que las cosas se enderezaran cuando volvieran de Talía y que el trono de ambos estuviera asegurado.

No sabía dónde vivirían. Khalil y ella habían hablado de todos los detalles y los habían resumido en un documento de veinte páginas que abogados de ambos países habían redactado.

Pensó en lo que diría al Consejo y a Markos. Seguro que la despreciaría por haber cambiado de prometido. Tal vez declarara que Khalil la engañaba, como lo había hecho Paulo. Elena se estremeció.

—¿Qué te pasa? —preguntó Khalil volviéndose hacia ella.

—Nada... —contestó, aunque se dio cuenta de que tendría que hablar a Khalil de sus errores. Y supo que deseaba hacerlo. Quería ser sincera con alguien y contarle la verdad.

—¿Elena...?

—Khalil, tengo que contarte algunas cosas.

—Muy bien.

Ella respiró hondo. Aunque quería contárselo, le resultaba difícil.

—Llegué al trono cuando era muy joven, como ya sabes. Mis padres acababan de morir y me sentía sola y vulnerable.

—Claro, Elena —el rostro de Khalil se dulcificó—.

Tuviste una infancia solitaria y, después, perdiste a las dos personas más cercanas a ti.

–No eran tan cercanas.

–De todos modos, eran tus padres. Los querías y te querían.

–Sí –sus padres la habían querido a su manera, por poco que se lo hubieran demostrado en vida.

–¿Qué sucedió cuando te convertiste en reina?

–El hermano de mi madre, Paulo, se quedó conmigo después del funeral. No lo conocía muy bien, ya que se pasaba la vida en París y Montecarlo. Creo que a mi padre no le caía bien. En cualquier caso, apenas lo veíamos.

–¿Y después del funeral?

–Se portó muy bien conmigo –Elena suspiró–. Era simpático y encantador y, en muchos aspectos, el padre que no había tenido: cercano y auténtico. O eso creí.

–Es el hombre que te traicionó.

–Sí, a pesar de que confiaba en él, le pedía consejo y le hacía caso. El Consejo no quería que yo reinara. Andreas Markos había intentado que lo nombraran regente.

–Pero eras mayor de edad.

–Markos declaró que yo carecía de experiencia política. Y tenía razón, claro. No tenía ni idea de leyes ni de política; de nada que fuera verdaderamente importante.

–Sin embargo, aprendiste. He leído en Internet algunas de las leyes que ayudaste a redactar. No eres una hermosa reina sentada en el trono, sino una activa jefa de gobierno.

–Al principio no fue así.

–El Consejo debiera haberte dado tiempo para adaptarte a tu nuevo papel.

–Pero no lo hizo.

–¿Qué pasó con Paulo?

–Me aconsejó en un asunto de subvenciones de centros turísticos en la costa. Creí que me estaba ayudando, pero se estaba llenando los bolsillos.

–No podías haberlo sabido.

–Y no solo eso –se apresuró a explicarle ella. Necesitaba que él supiera la sórdida verdad, que aceptara lo que había hecho–. Todos los consejos que me dio fueron en beneficio propio. Y hubo cosas peores. Falsificó mi firma en varios cheques. Incluso robó algunas joyas de mi madre, que, para empezar, no eran de ella, ya que eran joyas de la Corona y, por tanto, pertenecían al gobierno.

Cerró los ojos, llena de vergüenza y remordimientos.

–No me di cuenta de nada y, encima, le estaba muy agradecida por su apoyo. Markos lo descubrió y lo mandó a prisión. Por fortuna, impidió que el escándalo llegara a la prensa, no por mí, sino por Talía.

–Debió de resultarte muy duro.

–Sí. Y lo más triste de todo es que a veces echo de menos a Paulo. Me traicionó de todas las maneras posibles, pero lo echo de menos –negó con la cabeza, al borde de las lágrimas. Khalil puso una mano sobre la suya.

–Fue amable contigo cuando lo necesitabas. Es lógico que lo eches de menos.

–¿Echas de menos a tu padre? –le preguntó ella a bocajarro. La mano de Khalil se tensó sobre la suya.

–Llevo odiándolo mucho tiempo. Y no olvido lo que me hizo –Khalil hizo una mueca y ella supo lo difícil que le resultaba reconocer lo que añadió–. Pero echo de menos su amabilidad y su amor.

–Por supuesto –murmuró ella. Khalil sonrió levemente.

—No me había dado cuenta antes. Siempre he estado enfadado con él.

—¿Lo sigues estando?

—No sé cómo estoy. Pero no hablábamos de mí, sino de ti. No debieras culparte, Elena, por fiarte de un hombre que hizo lo imposible por granjearse tu cariño.

—Debiera haberme dado cuenta.

—Eras joven y vulnerable. No fue culpa tuya.

—El Consejo cree que lo fue. Minó por completo la poca confianza que tenía en mí misma. Desde entonces, Markos no ha dejado de intentar desacreditarme.

—¿Cómo? —preguntó él con el ceño fruncido.

—Mediante rumores de que soy inconstante y olvidadiza. Hasta ahora he conseguido evitar que me desestabilice por completo. Espero que mis logros hablen por mí. He trabajado mucho desde lo sucedido con Paulo, Khalil. He dedicado la vida a mi país, tal como quería mi padre. Todo lo que he hecho ha sido por Talía.

—Lo sé —contestó él apretándole la mano—. Nunca he puesto en duda tu devoción a tu país. Al fin y al cabo —añadió sonriendo—, vas a casarte conmigo por él.

—Igual que tú.

—Esperemos que sea una decisión acertada por ambas partes —Khalil retiró la mano y se recostó en el asiento.

Ella lo observó de reojo y, al recordar cómo su cuerpo y su corazón lo deseaban, se preguntó cómo podía haberse creído que se conformaría con un matrimonio de conveniencia. ¿Cómo había estado tan ciega como para proponer a Khalil un acuerdo tan frío sobre el matrimonio y la maternidad?

Ya no quería un acuerdo sin amor. Deseaba más de

su matrimonio y de Khalil. Lo miró. Parecía distante
y preocupado. Pensó que lo que ella deseaba era imposible.

Khalil miró por la ventanilla mientras el avión descendía hacia la pista de aterrizaje. El mar Egeo brillaba en la distancia y veía las cúpulas y torres de la
capital de Talía.

Se volvió a mirar a Elena y vio que estaba muy
pálida y que había cerrado los puños sobre el regazo.
Sintió verdadera compasión por ella. Había soportado
mucho, pero seguía siendo fuerte, aunque ella no lo creyera ni confiara en sí misma.

Él creía y confiaba en ella, en su fuerza, valor y
bondad. La tomó de la mano. Ella se volvió hacia él,
sobresaltada.

—Eres más fuerte y más inteligente que todos ellos.
Aunque crean que me necesitas, no es así. Gobiernas
de forma legítima y admirable tú sola.

Ella se sonrojó y le brillaron los ojos. Él creyó que
iba a romper a llorar, pero sonrió.

—Gracias, Khalil, pero te equivocas: te necesito.
Necesitaba que me dijeras eso.

Descendieron del avión. Por fortuna, no había pa-
parazzis esperándolos. Elena le había dicho que habría
una rueda de prensa en el palacio después de haberse
reunido con el Consejo.

A Khalil no le había hecho gracia marcharse de
Kadar, pero comprendió que era necesario. Una boda
en medio del desierto no era tal. Los dos necesitaban
que se le diera publicidad favorable, no solo destinada
al Consejo de Talía, sino también a Aziz.

«Te he quitado la novia y te quitaré el trono porque
los dos me pertenecen por derecho», pensó.

De todos modos, en aquel momento le preocupaba más Elena que lo que sucediera en Kadar. Darse cuenta lo sorprendió, pero no trató de rechazarlo. Volvió a tomar la mano de ella, cuyos fríos dedos se aferraron a los suyos.

–Bienvenida a Talía, Majestad.

Khalil observó a Elena saludando al personal real que se había alineado al lado de la flota de coches. Llamó a cada uno por su nombre, sonriéndoles con gracia.

Estaba pálida, pero serena y elegante. Khalil sintió admiración por ella, y algo más se despertó en su interior. La reina Elena de Talía era magnífica.

Dos horas después se hallaban en el palacio, esperando en la puerta del salón del Consejo. Elena se había puesto un vestido de seda azul y se había recogido el cabello en un moño bajo. Khalil llevaba un elegante traje. Mientras esperaban a que los dejaran entrar, él se preguntó a qué jugaba Markos. ¿Hacía esperar a Elena a propósito para ponerla nerviosa?, ¿para demostrarle su poder? A juzgar por lo que le había contado Elena, era muy probable.

–Deberías entrar –le dijo a ella.

–Tengo que esperar a que me llamen.

–Eres la reina, Elena. Eres tú la que convoca a los demás.

–Las cosas no son así, Khalil.

–Pues debieran serlo. Eres tú la que puede cambiarlas. Recuérdalo. Puedes hacerlo. Puedes hacer lo que te propongas, Elena. Lo sé porque lo he visto.

Ella le dedicó una sonrisa trémula.

–Salvo hacer una fogata en pleno desierto.

Él le sonrió a su vez.

–Ya había algunas llamas. Si no llega a aparecer la serpiente...

–Si no llegas a aparecer tú –contraatacó ella sonriendo de oreja a oreja.

Después se levantó y se volvió hacia la doble puerta revestida de oro. Khalil la observó mientras la abría y sonrió al ver que doce hombres de mediana edad se levantaban inmediatamente con expresión de asombro al verla entrar.

–Buenas tardes, caballeros –los saludó ella majestuosamente. Y Khalil tuvo que contenerse para no vitorearla.

Elena sentía el corazón golpeándole el pecho. Con la cabeza alta y una sonrisa cortés, miró a cada miembro del Consejo y dejó para el final a Markos, que la miraba visiblemente contrariado. Ella respiró aliviada. Si Markos hubiera conseguido algo del Consejo la miraría con aire de triunfo, no con irritación. De momento, estaba a salvo.

–Reina Elena, nos preguntábamos dónde estaba –Markos miró a Khalil–. ¿De luna de miel en el desierto? –preguntó en un tono levemente desdeñoso, pero lo suficiente como para dar a entender que ella se había fugado con uno de sus guardaespaldas sin preocuparse de su país.

–Todavía no ha habido luna de miel. Pero las cosas han cambiado. He roto mi compromiso con Aziz al Bakir al enterarme de que no era el heredero legítimo del trono de Kadar. Casarme con un impostor no hubiera beneficiado a Talía, ¿no te parece, Andreas?

Los ojos de Markos centellearon de ira.

–¿Y quién es este? –preguntó mirando a Khalil.

–Khalil al Bakir, jeque de una tribu del norte del desierto y hermano mayor de Aziz. Es el heredero legítimo del trono de Kadar –afirmó ella con una segu-

ridad que sorprendió a Khalil–. He decidido casarme
con él en vez de con Aziz, con un acuerdo similar al
que había llegado con este –miró a cada consejero y
se sintió crecida. Khalil tenía razón. Era fuerte e inteligente, pero se alegraba mucho de tenerlo a su lado–.
Confío en que esto os parezca bien a todos.

–Cambia de esposo sin pensarlo, ¿y quiere que nos
fiemos de usted?

Elena vaciló recordando sus errores pasados. Fue
Khalil quien rompió el silencio.

–Sí. Puesto que es vuestra reina y soberana, tenéis
que fiaros de ella. La reina Elena ha demostrado su
lealtad a su país en repetidas ocasiones. No se puede
dudar de ella simplemente porque hace tiempo depo-
sitara su confianza en un hombre que debiera haber
sido merecedor de la misma –Elena observó asombrada que Khalil desafiaba con la mirada a cada consejero–. No volveremos a hablar de esto nunca más.

Ella apenas oyó el murmullo de asentimiento y
disculpas porque estaba perpleja ante la forma de de-
fenderla y de apoyarla de Khalil. ¿Cuándo había sido
la última vez que alguien había hecho algo así por
ella?

Volvió a dirigirse al Consejo con una sonrisa fría y
resuelta.

–¿Pasamos a hablar de la reunión con la prensa?

Capítulo 12

ELENA cerró la puerta suavemente y se apoyó
en ella con los ojos cerrados. Estaba tan cansada que le dolía todo el cuerpo. Había sido un
día largo y estresante, pero, al final, todo había salido
bien.

No había tenido la oportunidad de agradecer a
Khalil su apoyo tanto ante el Consejo como en la
rueda de prensa. Defender públicamente la aspiración
de Khalil al trono de Kadar había sido un tenso momento diplomático, pero Khalil la había apoyado y
era la ocasión de mostrarle su apoyo.

Uno al lado del otro: ese era el matrimonio que ella
deseaba. Y ese día le había parecido que también era
el que deseaba Khalil. Tal vez lo que necesitara fuera
tiempo para hacerse a la idea, para volver a aprender
a querer.

Porque ella lo amaba. Había sido una estupidez
fingir que no era así. Se había engañado y lo había
engañado, pero había llegado el momento de ser sincera, de reconocer lo que sentía por él: amor, respeto
y deseo.

Sí, deseo. La atraía todo de él, desde su obstinado
pragmatismo a su repentina sensibilidad o al brillo
sensual de sus ojos.

No habían hablado en privado desde el vuelo,
desde que ella le había contado lo de Paulo. Y él no la
había condenado, sino que la había entendido. Cada

vez estaba más convencida de que era un buen hombre.

Después de la rueda de prensa, él se había marchado para solucionar asuntos relacionados con Kadar y ella se había reunido con su secretaria para revisar su programa para los días siguientes. Se habían reunido con los abogados para negociar un acuerdo sobre los términos del matrimonio, que ambos habían firmado, y habían cenado con algunos dignatarios antes de separarse: Khalil se había ido a la habitación de invitados, y ella, a sus aposentos.

Ya lo echaba de menos. Tenia que hablar con él. Habían fijado la boda para el día siguiente, pero apenas habían hablado de los detalles, salvo los de tipo legal con los abogados. De todos modos, lo único que quería era estar con él.

Salió de la habitación a toda prisa y se dirigió a la de Khalil. Llamó a la puerta con el pulso acelerado.

–Adelante.

Elena entró. Khalil se había desabrochado la pechera de la camisa por lo que tenía parte del torso al descubierto. Ella contuvo el aliento.

–Creí que era alguien de la servidumbre.

–No.

–Ya lo veo –dijo él sonriendo levemente.

–Creo que tenemos que hablar.

–¿Sobre qué?

–Nos casamos mañana, Khalil –le recordó con una sonrisa, y la de él se hizo más ancha.

–Lo sé, Elena –afirmó él cruzando los brazos–. ¿Quieres echarte atrás?

–No. ¿Y tú? –preguntó ella tratando de apartar la vista de sus pectorales.

–No.

–¿A pesar de que no querías casarte?

–Ya sabes lo que pienso al respecto.

–¿Un mal necesario?

–Puede que eso fuera un poco duro.

Elena puso los ojos en blanco invitándolo a unirse a la broma.

–Es un alivio.

Él volvió a sonreír y ella se sintió mareada de alegría. Le encantaba su sonrisa. Pero no le diría nada. Sabía que no estaba preparado para ello y ni siquiera estaba segura de estarlo ella para decírselo.

–¿A qué has venido, Elena?

–Ya te lo he dicho, a hablar.

Él dio un paso hacia ella con ojos risueños.

–¿Estás segura?

–No –susurró ella con la boca seca.

Él avanzó otro paso y otro más hasta situarse frente a ella.

–Me lo figuraba.

Claro que se lo figuraba. Su deseo de él era evidente, abrumador e innegable. Y su intensidad le proporcionó el valor necesario para decirle:

–Te deseo, Khalil.

–Yo también.

Pero ella sentía algo más que deseo. Sentía gratitud, admiración, respeto y alegría por lo que él había hecho, por lo que era; por cómo la había ayudado y dado fuerza. No esperaba sentir aquello por nadie, que una persona satisficiera una necesidad y una esperanza que ella ni siquiera sabía que poseía.

Intentó decirle lo que sentía, pero él no la dejó. La agarró por los hombros y la atrajo hacia sí para besarla. Era mejor así, pensó ella, mientras se perdía en un mar de sensaciones. Khalil no quería oír sus palabras: solo deseaba aquello.

Y ella también.

Él la condujo a la cama y la tumbó sobre las sábanas de seda después de haberle quitado el camisón. Ninguno de los dos habló. Al día siguiente, a esa hora, estarían en una cama como aquella como esposo y esposa.

Pero, en su corazón, Elena ya se sentía su esposa. Lo quería demasiado, pero, en aquel momento, mientras él la acariciaba y besaba con ternura, no quiso pensar en ese «demasiado», no quiso controlarse ni limitar su gozo. Lo único que deseaba era sentir lo que él le ofrecía, por poco que fuera.

En ese momento, le pareció suficiente.

Más tarde, quedaron abrazados en la cama. La mano de Elena descansaba sobre el corazón de él y ella percibía sus latidos. Khalil le acarició el brazo del hombro a la muñeca con suavidad. Ella se sentía inmensamente feliz.

Si pudieran quedarse así para siempre... Era un deseo ridículo, nada más que un sueño. Pero era lo que deseaba: a él, para siempre.

—¿Cuándo vas a hablar con Aziz? —preguntó ella porque, con independencia de sus deseos, debía hacer frente a la realidad.

—En cuanto vuelva a Kadar me reuniré con él. Ya sabrá lo de nuestra boda, desde luego.

—¿Crees que se habrá enfadado?

—No tengo ni idea. Tú le conoces mejor que yo.

—¿Ah, sí? —ella alzó la cabeza y se apoyó en un codo para mirarlo—. ¿No lo conociste de niño?

—Me fui del palacio a los siete años. Solo le había visto una vez, cuando mi padre quiso que sus hijos se conocieran.

Él había hablado en tono neutro, pero ella sintió la tensión de su cuerpo.

–Debió de ser muy duro tener que abandonar todo lo que conocías.

–Fue extraño –afirmó Khalil. Su expresión no revelaba nada.

–Sé que no te gusta hablar de ello, Khalil, pero lo que te sucedió con tu padre debió de ser horrible –Elena le miró las cicatrices de las muñecas–. ¿Por qué tienes cicatrices de una soga ahí?

Creyó que él no respondería. Y no lo hizo durante unos segundos, mientras ella se preguntaba qué habría detrás de aquellas cicatrices. Quería saberlo.

–Me ataron –dijo él, por fin, sin ninguna emoción–. Estuve varios días atado. Forcejeé para soltarme y las cicatrices son la consecuencia.

–¿Que te ataron? ¿Cuándo? –preguntó ella horrorizada.

–Cuando tenía siete años, cuando mi padre me desterró.

–Creía que te habías ido a Estados Unidos con tu tía.

–Mi tía me encontró cuando tenía diez años. Viví durante tres años con una tribu beduina en un extremo del país. Al jeque le gustaba castigarme. Me ataba como si fuera un perro o me pegaba delante de todos. Intenté escapar sin conseguirlo. Así que sé cómo te sentiste cuando estabas prisionera –Khalil se estremeció y ella lo estrechó entre sus brazos.

–Lo siento.

–Fue hace mucho tiempo.

–Pero eso es algo que permanece dentro de uno para siempre. Ese hombre, ese jeque, ¿por qué te maltrataba?

–¿Porque era un hombre mezquino y malvado? No, supongo que la verdadera razón era porque mi madre era su prima y había deshonrado a la familia con su supuesto adulterio. De todos modos, Abdul Hafiz ya estaba resentido con la familia de ella por haber abandonado la tribu para hacer fortuna en Siyad. Por eso mi padre me desterró a esa tribu. Me devolvió a la tribu de mi madre porque sabía que me maltratarían. Y fue lo que hicieron, al menos al principio. Es paradójico que ahora sea yo su jeque.

Elena sintió furia y dolor a la vez ante la historia inconcebible que le estaba contando Khalil, a pesar de que intentaba hacerlo con ligereza. Pero ella percibía la emoción subyacente. Se apretó contra él.

—Me alegro de que escaparas.

—Yo también.

Sin embargo, ¿se podía escapar de tan terrible pasado? Ella sabía que Khalil tenía tantas cicatrices en el corazón como en las muñecas y la espalda. No era de extrañar que no se fiara de nadie y que no entendiera lo que era una relación amorosa.

¿Podría ella cambiarlo? ¿Salvarlo?

Sí, podría. Quería intentarlo porque lo amaba y no se imaginaba la vida sin él. Sin que él la amara a su vez.

Y comenzó en ese momento, besándole las cicatrices de una de las muñecas. Notó que él se estremecía.

—Elena...

Le fue besando cada cicatriz, demorándose en cada una con los labios y la lengua, saboreándolo, demostrándole su amor con su cuerpo, ya que no podía con las palabras. Aún no.

Y él aceptó sus caricias y la agarró por los hombros mientras ella se colocaba encima de él para hundirse en él suavemente, tomándolo dentro de sí, llenándolos a los dos de alegría y placer.

Él cerró los ojos y comenzó a jadear cuando ella empezó a moverse para entregarle, en aquel acto definitivo de amor, todo lo que había en su corazón, al tiempo que rogaba que Khalil entendiera lo que le decía con el cuerpo.

Khalil no conseguía dormirse. Abrazado a Elena, se preguntó por qué le había contado tantas cosas, cosas que nunca había revelado a nadie, ni siquiera a Assad. Detestaba que alguien supiera la verdad sobre la humillación padecida de niño. Sin embargo, se lo había contado a Elena porque, en ese momento, quería que alguien lo comprendiera y lo aceptara sin reservas.

Y su respuesta lo había conmocionado. La dulzura de sus caricias, la entrega de su cuerpo... No estaba seguro de saber lo que era el amor, pero se imaginaba que podía ser algo así. Y, si lo era, quería más. Quería amar a alguien y sentirse correspondido.

Era una locura. La suya era una boda de conveniencia. No habría amor ni confianza ni intimidad. Le había dicho a Elena que no quería nada de eso y lo había dicho en serio.

¿Por qué había cambiado?

Lo había hecho desde el momento de conocerla, desde que se había visto reflejado en ella. Ella lo había cambiado al ganarse su corazón.

¿Cómo volver a su estéril vida anterior?

Pero ¿cómo no hacerlo?

Había aprendido a abrirse a Elena y a comunicarle sus sentimientos. ¿Podría confiarle el corazón?

La boda se celebró en la capilla del palacio. Acudieron los miembros del Consejo y sus esposas, y algunos embajadores y diplomáticos.

Elena llevaba un vestido tubo de seda color crema, sin velo ni ramo. Había elegido el vestido con la ayuda de su estilista pensando únicamente en la imagen que deseaba ofrecer en público: la de una mujer que controlaba su país y su destino.

No quería parecer una mujer enamorada, a pesar de que lo estuviera. Y cuando se volvió hacia Khalil para pronunciar los votos echó de menos, absurdamente, un traje de novia, un gran ramo, un velo de encaje y a su padre para haberla acompañado hasta el altar.

«No importa», se dijo. «Lo que cuenta es el matrimonio, no la boda». Pero ¿cómo sería su matrimonio con Khalil?

La noche anterior había sido tierna, maravillosa e íntima, tanto física como emocionalmente. Pero, esa mañana, él había vuelto a mostrar una expresión pétrea e inescrutable. Iba vestido al estilo tradicional de Kadar, con una túnica bordada y unos pantalones holgados. Elena no sabía lo que pensaba ni lo que sentía.

La ceremonia terminó cuando él la atrajo hacia sí y la besó con frialdad. En la recepción posterior, Elena fue pasando entre los invitados mientras vigilaba a Khalil, incluso mientras charlaba con los consejeros, que estaban muy satisfechos de que se hubiera casado.

¿Habrían cambiado las cosas para él como lo habían hecho para ella? Tal vez habría sido mejor y más acertado que ella no se hubiera abierto al dolor y a las posibilidades que implicaba amar a alguien.

Pero ya era tarde. No podía evitar lo que sentía por Khalil, como tampoco podía evitar que las olas del mar rompieran en la orilla ni que la luna saliera por la noche.

Después de la recepción se retiraron a un ala privada del palacio. Elena contempló el champán que había al lado de la cama, el fuego en la chimenea y el blanco camisón que habían extendido sobre la cama.

—Es excesivo, ¿no te parece? —se sentía como si estuvieran fingiendo, como si estuvieran ensayando todos los pasos del matrimonio y el amor cuando, la noche anterior, lo habían experimentado de verdad.

—Es un detalle —respondió él al tiempo que se encogía de hombros. Titubeó y la miró fijamente a los ojos—. Estás preciosa.

—Gracias —Elena se estremeció de placer.

—No podía apartar la vista de ti.

—Yo tampoco —confesó ella con una tímida sonrisa.

—Lo sé —afirmó él con una sonrisa de suficiencia.

—¡Vaya! —exclamó ella riéndose—. Tu arrogancia es insoportable.

—Pero es verdad.

—Pero sería más caballeroso por tu parte no comentarlo.

—¿Por qué? —preguntó él abrazándola—. El sentimiento es mutuo.

Ella lo miró sin aliento. ¿Hasta qué punto era mutuo?

Él le recorrió la mandíbula besándola.

—Y esto es lo que he estado deseando hacer todo el día.

—Entonces, ¿por qué no lo has hecho? —preguntó ella inclinando la cabeza para que la pudiera besar mejor.

—¿Qué crees que hubieran pensado tus consejeros si te hubiera sacado del salón de baile y te hubiera devuelto despeinada, con los labios hinchados y una enorme sonrisa en el rostro?

Elena soltó una carcajada. El cerebro comenzó a nublársele según él descendía por su garganta y continuaba hacia abajo.

–Creo que les hubiera gustado, porque me habrían puesto en mi sitio, el de una esposa consciente de sus deberes.

–Me gusta eso de tus deberes –comentó él mientras le bajaba la cremallera del vestido–. Creo que necesitas que te enseñe mejor cómo llevarlos a cabo.

El vestido cayó al suelo y ella se quedó en ropa interior, con el cuerpo ardiendo bajo la mirada de deseo de Khalil.

–Yo también lo creo –y, después de esas palabras, estuvieron un largo rato sin hablar.

Más tarde, tumbados en la cama, abrazados como la noche anterior, Elena pensó, soñolienta y satisfecha, que tal vez pudieran ser así de felices eternamente.

–Tengo que ir a París –dijo Khalil apretándole la mano–, a ver a mi tía Dima. Se mudó allí hace unos años. Quiero darle la noticia de nuestra boda. Y me gustaría que la conocieras.

–Por supuesto.

–Y, después, volveremos a Kadar. Hoy he recibido un mensaje de Aziz, justo antes de la ceremonia. Accede a verme.

–Eso es una buena noticia, ¿no?

–Eso espero. Espero ser capaz de convencerlo de que convoque el referendo.

–¿Y si se niega?

–No sé. No quiero declararle la guerra, pero tampoco puedo renunciar al trono. Lo es todo para mí. Todo no –se corrigió–. Ya no. Pero es importante, Elena. Todo lo que soy y lo que he hecho ha sido por Kadar.

–Lo sé –dijo ella inclinándose para besarlo–. Sé lo importante que es para ti, Khalil, y confío en ti del mismo modo que tú lo hiciste en mí. Lo lograrás: convencerás a Aziz y ganarás el referendo.

–Rezo por ello –dijo él sonriendo.

–Estoy segura de que lo conseguirás.

–Quiero que estés conmigo cuando se convoque el referendo. Es importante que el pueblo vea que me apoyas. No tendrás que quedarte mucho tiempo. Después podrás volver a Talía. Esas fueron las condiciones de nuestro acuerdo.

–Tendré que volver a Talía, desde luego. Pero ¿quieres que me quede más tiempo? –lo miró a los ojos y vio que le brillaban.

–Sí –se limitó a decir él. Ella le apretó la mano. Nunca se había sentido más segura de nada en su vida: amaba a Khalil e iría con él al fin del mundo.

–Entonces, me quedaré –respondió ella. Y Khalil se inclinó para besarla.

Capítulo 13

A LA MAÑANA siguiente se fueron a París en el jet real. Desde la noche anterior, Elena se sentía más próxima a Khalil que nunca, aunque ninguno de los dos había puesto nombre a lo que sentían. En cualquier caso, Elena estaba contenta de formar parte de la vida de Khalil, y él quería que lo hiciera.

–Debes de sentirte muy cercano a tu tía –dijo ella mientras el avión despegaba. Una azafata les llevó café y pastas.

Khalil echó leche en ambos cafés.

–Sí, pero es una relación complicada.

–¿Por qué?

–Cuando Dima me encontró, yo llevaba en el desierto tres años y era un niño... difícil. No, salvaje sería una manera mejor de describirme.

Elena tragó saliva mientras los ojos se le llenaban de lágrimas.

–¡Cuánto sufriste, Khalil!

–Fue hace mucho tiempo, pero reconozco que me afectó muy negativamente. Llevaban tres años tratándome como a un animal, por lo que, seguí comportándome como tal después de que mi tía me encontrara. No me fiaba de nadie. Casi no hablaba. Ella fue muy paciente. Me llevó a Nueva York a vivir con ella y su esposo. Me llevó a especialistas en aprendizaje y terapeutas para que me ayudaran a adaptarme a mi nueva vida.

–¿Y lo hiciste?

–Hasta cierto punto –contestó él haciendo una

mueca–. Pero nunca me sentí en casa en Estados Unidos. Nadie me entendía ni sabía por lo que había pasado. Ni siquiera Dima.

–¿Se lo contaste?

–Por encima. Creo que ella, en el fondo, prefería no saberlo. Quería que me olvidara de Kadar por completo. Sin embargo, volver para reclamar mi derecho de progenitura al trono ha sido siempre lo que me ha motivado. Ella no lo entendía.

–¿Por qué?

–Supongo que tiene recuerdos muy dolorosos. Se crio en Siyad, pero siempre quiso marcharse. La muerte de mi madre la destrozó. Se fue para casarse con un empresario estadounidense y nunca volvió.

–Pero sabe que estás en tu derecho.

–Lo que sabe es que me proporcionó una buena vida en Estados Unidos. Me metió en un internado, después me mandó a la universidad y me ayudó a crear una empresa de consultoría, antes de que me enrolara en la Legión Extranjera francesa. Creía que todo eso haría que me olvidara de Kadar, pero yo los consideraba pasos en el camino de vuelta. Creo que no entendía lo mucho que significaba para mí.

–Y, sin embargo, ¿seguís estando unidos?

–Sí. Me salvó la vida, en sentido literal. Tengo una deuda con ella que nunca podré pagarle. Espero que algún día se dé cuenta de que intento compensarla reclamando mis derechos y convirtiéndome en jeque.

–¿A pesar de que ella no quiere que lo seas?

–Sí. Reclamar el trono limpiará el nombre de mi madre. No es solo por mí por lo que lo hago, sino para reparar el tejido social de mi país que se rasgó cuando mi padre decidió satisfacer sus caprichos en vez de servir a la justicia. Apartar a mi madre de su lado sin razón dividió el país en dos. Quiero que vuelva a ser uno.

–Y yo te ayudaré, Khalil –lo tomó de la mano y él se la apretó. Animada por esa muestra de afecto, Elena respiró hondo y le dijo lo que guardaba en su corazón–. Sé que, en el documento que hemos firmado, hemos acordado llevar vidas prácticamente separadas, pero no quiero vivir así. Una vez me preguntaste si no deseaba un esposo que me quisiera, fuera mi igual y me apoyara. Te contesté que no porque no creía que existiera un hombre así.

–Yo tampoco creía que hubiera una mujer así –contestó él en voz baja.

–Entonces, ¿ya no lo crees?

–No sé lo que creo, Elena. No me esperaba nada de esto, ni lo deseaba –suspiró inquieto, pero no le soltó la mano–. Siento algo por ti que pensé que no podría sentir. Quiero más, más de ti y más de nosotros.

–Yo también –susurró ella.

–Pero todo esto es nuevo para mí. Y, sinceramente, estoy asustado. No he confiado en nadie como en ti desde que tenía siete años y un corazón infantil. Desde que mi padre me dijo que no era hijo suyo.

–Lo sé, Khalil. Y quiero ser digna de tu confianza e incluso de tu amor –ella contuvo la respiración esperando que él le dijera que la quería.

–Quiero confiar en ti –respondió él al cabo de unos segundos. Respiró hondo y añadió–: Quiero amarte.

En ese momento, el camino a seguir se hizo claro y sencillo. Los dos querían una relación amorosa, un matrimonio como era debido. ¿Por qué no iban a tenerlo? ¿Por qué no iba a ser posible?

Al salir del aeropuerto parisiense hacia la casa de Dima, Khalil pensó, maravillado, en cómo había cambiado. Se sentía como un molusco sin concha, expuesto por completo al escrutinio ajeno. Era una sensación extraña e incómoda, pero no necesariamente mala.

Nunca había hablado con nadie como con Elena ni deseado sincerarse como con ella. Pero no sabía cuál era el siguiente paso. De momento, debía pensar en su tía.

La había llamado desde Talía, así que los estaba esperando cuando la limusina se detuvo ante su casa y los guardaespaldas fueron a examinar los alrededores.

Dima salió a los escalones de la entrada a recibirlos con una sonrisa trémula. Khalil pensó que había envejecido mucho desde que la había visto, hacía menos de un año, de camino a Kadar.

–Dima –la abrazó y notó su fragilidad–. Esta es mi esposa, la reina Elena de Talía.

–Majestad –murmuró Dima e hizo una reverencia.

–Encantada de conocerla –dijo Elena tomándole una mano entre las suyas.

Una vez en el interior de la casa, fueron al salón, donde les sirvieron un refresco. Mientras Elena y su tía hablaban, Khalil pensó en la reunión con Aziz, que sería la semana siguiente. Estaba asombrado de que su hermanastro hubiera aceptado verlo. Tal vez se aviniera a razones y convocara el referendo. Pero ¿y su esposa? El hecho de que Aziz se hubiera apresurado a casarse lo intranquilizaba. Parecía que deseaba ser jeque más de lo que daba a entender.

–Khalil, no nos estás prestando atención –le regañó Dima–. Pero no te culpo. Es evidente que estás enamorado.

Él notó que Elena, sentada a su lado, se sobresaltaba y lo miraba con aprensión. Sonrió y la agarró de la mano.

–Tienes razón, Dima. Estaba pensando en otra cosa.

Elena sonrió.

–Me vais a tener que perdonar –dijo Khalil al cabo de unos minutos al tiempo que se levantaba–. Tengo que hacer unas llamadas. Pero, si te parece bien, Dima, cenaremos contigo esta noche.

–Por supuesto, ve a hacer lo que tengas que hacer. Quiero conocer a Elena mejor.

Él reprimió una sonrisa, lanzó a su esposa una mirada compasiva y salió del salón.

–No sabes lo contenta que estoy de que Khalil te haya encontrado –dijo Dima cuando su sobrino se hubo ido–. Salta a la vista lo enamorados que estáis.

–¿Eso crees? –murmuró Elena sonriendo, deseosa de que le confirmaran los sentimientos de Khalil. «Quiero amarte» no era lo mismo que «te amo».

–Estoy segura –afirmó Dima–. Llevaba mucho tiempo esperando que Khalil amara a alguien y que fuera correspondido. Espero que ahora olvide todas esas tonterías sobre Kadar.

–El trono de Kadar es suyo por herencia, Dima. No va a olvidarlo.

–Pues debiera –contestó la anciana alzando la voz–. No dejo de decírselo. Nada bueno lo espera allí –se le llenaron los ojos de lágrimas. Elena frunció el ceño.

–¿Por qué quieres que lo olvide? ¿No te gustaría que recuperara el sitio que le corresponde y que limpiara el nombre de tu hermana?

–No, no debemos hablar de eso. Quiero saber más cosas de ti y de la boda. Háblame de cosas alegres, de cuándo te diste cuenta de que Khalil te quería –sonrió como una niña que espera que le cuenten un cuento, mostrando una seguridad absoluta sobre algo que Elena no tenía claro.

Al contemplar el rostro expectante de Dima, las dudas de Elena comenzaron a desaparecer. Si Dima veía que Khalil la amaba, sin duda era cierto.

Tal vez Khalil no supiera distinguir lo que era amor, pero Elena creía que la amaba. Y ella lo amaba. Lo demás daba igual.

Nada podría cambiar ese sentimiento.

Se inclinó hacia Dima y comenzó a contarle cómo se habían enamorado Khalil y ella.

Capítulo 14

A LA MAÑANA siguiente, Elena bajó con Khalil y hallaron a Dima de pie en el centro del salón.

–Tengo que hablar contigo, Khalil –estaba pálida, pero con una expresión decidida. Khalil frunció el ceño.

–¿Qué pasa, Dima?

–Tengo que contarte algo –su tía cerró las puertas del salón y se volvió hacia ellos retorciéndose las manos–. Debiera habértelo dicho hace mucho tiempo. No deseaba hacerlo, pero...

–No te entiendo –dijo Khalil.

Elena tuvo un terrible presentimiento y sintió el impulso de decirle a Dima que no dijera nada, que no cambiara nada. La noche anterior, los tres habían charlado y reído durante la cena. Después, Khalil y Elena habían subido al piso superior y habían hecho el amor durante la mitad de la noche. Ella se había quedado dormida en sus brazos, totalmente segura de sus sentimientos hacia Khalil y de los de él hacia ella.

Sin embargo, al ver a Dima tan ansiosa y recordar que el día anterior le había dicho que Khalil debía olvidarse de Kadar, se le hizo un nudo en el estómago. Sin darse cuenta de lo que hacía levantó una mano.

–No lo hagas.

Khalil se volvió hacia ella y la miró incrédulo.

–¿Sabes lo que va a decir, Elena?

—No, pero... –¿qué iba a decirle? ¿Que tenía un presentimiento?

—Pero ¿qué? ¿Qué sabes, Elena?

Ella se quedó asombrada de la rapidez con la que se había vuelto receloso. Dima no había dicho nada; ella no sabía lo que iba a decir; pero allí estaba Khalil fulminándola con la mirada.

—¿Qué tienes que decirme, Dima?

—Debiera habértelo dicho hace tiempo, tal vez cuando eras un niño, pero tuve miedo. Miedo, al principio, por cómo te lo tomarías; después, miedo por mí, por lo que ibas a pensar de mí por haber guardado semejante secreto.

—No entiendo adónde quieres ir a parar.

—Solo porque sigo teniendo miedo de decirte la verdad. Pero veo que has cambiado, Khalil. Sé que quieres a Elena...

—No me digas lo que siento –la interrumpió Khalil con brusquedad. Elena se estremeció. ¿Qué había sucedido? ¿Cómo se había estropeado todo tan deprisa?

«Porque, para empezar, no era lo bastante intenso», se dijo.

—Khalil –Dima lo miró como si se enfrentara a un pelotón de fusilamiento–. Hashem no era tu padre.

La expresión de Khalil no se alteró. Ni siquiera parpadeó.

—Di algo –le rogó Dima en voz baja.

—Eso es una tontería.

—¿No me crees?

—¿Por qué me cuentas eso ahora, Dima, después de tantos años? ¿Es por Elena?, ¿porque crees que he cambiado?

Elena se estremeció ente el desdén de su voz.

—En parte. Ahora tienes algo más por lo que vivir, Khalil, aparte de convertirte en jeque.

–Mientes. Hashem era mi padre –afirmó él cerrando los puños.

–¿Por qué iba a mentirte?

Él se encogió de hombros con brusquedad.

–Nunca has querido que volviera a Kadar. Puede que mi boda con Elena te haya dado la oportunidad...

–¿Qué oportunidad? ¿La de negarte tu progenitura?

–Es mi progenitura.

–No –respondió ella con decisión–. No lo es.

Elena se sintió desgarrada al darse cuenta de lo que la noticia suponía para Khalil: la pérdida del propósito de su vida, la pérdida de sí mismo. No era de extrañar que se negara a aceptarlo.

–Sé que es algo terrible de aceptar...

–¿Cómo voy a aceptarlo? ¿Por qué no me lo dijiste hace veinticinco años?

–Ya te he dicho que tuve miedo –dijo Dima con desesperación–. Cuanto más tiempo pasaba, más difícil se me hacía. No quería que tuvieras mala opinión de mí ni de tu madre. Su recuerdo parecía ser lo único que te mantenía en pie.

–¡Y ahora lo estás manchando! –Elena contempló la agonía en los ojos de Khalil–. Siempre fue muy buena conmigo. ¿Cómo puedes acusarla de semejante delito?

–¡Ay, Khalil! –exclamó la anciana con la voz quebrada–. Sé que soy una vieja lastimosa y que te lo tenía que haber contado mucho antes. Cerré los ojos a tu ambición porque pensé que se te pasaría con el tiempo o, al menos, cuando Aziz se convirtiera en jeque. Esperaba que, al contártelo ahora, te libraría para siempre de esa vana esperanza a la que llevas aferrado tanto tiempo y que serías feliz con Elena.

–¿Por qué hizo mi padre un testamento con un plazo para alcanzar el trono si no soy hijo suyo?

–Puede que porque a Aziz nunca le ha interesado Kadar. No lo sé, Khalil, pero es cierto y lamento no habértelo contado antes.

Elena se acercó a él y le tendió una temblorosa mano.

–Khalil... –pero él la esquivó con brusquedad.

–Esto te conviene, ¿verdad? Ahora tendrás lo que deseabas: un rey marioneta a tu entera disposición.

–Eso no es justo. Y no es lo que deseo en modo alguno –contestó ella, herida.

–Ciertamente no es lo que yo deseo –le espetó él–. No olvidaré Kadar ni mi progenitura, ni todo lo que ha sido importante para mí, todo lo que he sido –se le quebró la voz en la última palabra, por lo que dio la espalda a Elena y agachó la cabeza.

–Lo siento –dijo Dima–. Tenía que habértelo contado antes. Lo he hecho ahora porque pensabas volver a Kadar.

–¿Cómo sabes todo eso? Mi madre...

–Me lo contó. Me escribió una carta en la que lo reconocía todo. Incluso había en ella una foto de él, Khalil, de tu padre.

–¡No! –gritó Khalil angustiado. Elena se acercó a él sin pensar en cómo reaccionaría.

–Khalil –abrazó su rígido cuerpo–. Khalil –se le llenaron los ojos de lágrimas. ¿Qué podía decirle que mejorara las cosas?

–No es verdad –dijo él, pero Elena percibió la aceptación en su voz. Se lo creía, aunque no deseaba hacerlo.

–Puedo enseñarte la carta, si quieres –dijo Dima–. Y la fotografía.

Él negó débilmente con la cabeza, se separó de Elena y dio la espalda a las dos.

–¿Quién era él? –preguntó en un tono casi inaudible.

–Un guardia de palacio –susurró Dima–. Tienes sus mismos ojos.

Khalil soltó algo semejante a un gemido. Después negó con la cabeza.

–No puedo... Necesito estar solo –dijo, antes de salir de la habitación sin volver a mirarlas.

No podía ser verdad. No podía.

Khalil pensó, furioso, que parecía un niño aterrorizado suplicando piedad.

«No me pegues, por favor. ¿Dónde está mi madre? ¿Dónde está mi padre? Por favor...».

Las lágrimas le corrían por el sucio rostro, pero Abdul Hafiz se había echado a reír.

Khalil lanzó una maldición y dio un puñetazo a la pared que le dejó los nudillos ensangrentados.

No podía ser verdad, pero sabía que lo era. Y al aceptarlo se dio cuenta de que todo lo que había hecho en la vida había sido en vano.

Las decisiones que había tomado y las esperanzas que albergaba estaban destinadas a limpiar el nombre de su madre y a reclamar la progenitura. Y ahora que se lo habían arrebatado todo, no era nada.

No sería jeque de Kadar. Ni tampoco esposo de Elena.

Elena recorría de un lado a otro el salón de la casa de Dima. La cabeza le daba vueltas y le dolía el corazón. Khalil se había marchado esa mañana, inmediatamente después del enfrentamiento con su tía y, aunque era casi medianoche, aún no había regresado.

Dima había ido a acostarse después de asegurarle que Khalil volvería pronto y que todo parecería menos grave por la mañana. Elena sabía que las cosas no irían mejor a la mañana siguiente, al menos, no para Khalil. Sabía lo fuerte y orgulloso que era y que había basado su vida en la creencia de que el trono de Kadar le correspondía por ser el primogénito. Estaría destrozado, pero era demasiado orgulloso para reconocerlo.

¿Y cómo se sentiría al saber que quien creía que era su padre no lo era? ¿Que lo que había defendido toda su vida era mentira?

Elena ansiaba verlo, abrazarlo y consolarlo. Decirle que a ella no le importaba que fuera jeque o no lo fuera, que le daba igual quiénes fueran sus padres o que tuviera un título. Quería decirle claramente que lo amaba, no limitarse a insinuárselo. Y que su amor fuera importante para él.

Sin embargo, en su fuero interno, temía que no lo fuera.

Oyó abrirse la puerta principal y los pasos lentos de alguien agotado y derrotado. Se apresuró a ir a su encuentro.

–Khalil...

Él se volvió a mirarla. Estaba demacrado, pero sus ojos carecían de expresión.

–Elena, no pensé que estuvieras levantada.

–¡Por supuesto que estoy levantada! –gritó ella–. Estaba preocupada por ti, por cómo estás y por cómo te estás enfrentando...

–¿Enfrentando? –repitió él con desprecio–. No te preocupes por mí, Elena.

–Claro que me preocupo –Elena respiró hondo–. Te quiero, Khalil.

Él soltó una carcajada que la estremeció.

–Es tarde para eso, Elena.

–¿Por qué?

—Porque ya no hay razón alguna para que sigamos casados.

—¿Qué? —lo miró incrédula—. ¿Por qué, Khalil?

—Lo sabes muy bien.

—Sé que ya no puedes aspirar al trono de Kadar y que has sufrido una terrible decepción. Pero sigo siendo tu esposa. Seguimos estando casados.

—Anularemos el matrimonio.

Ella negó con la cabeza lentamente mientras se debatía entre la sorpresa y el dolor. Pero a ambos los sustituyó una profunda ira.

—¡Cobarde! ¡Eres un cobarde egoísta! ¿Crees que porque ya no me necesitas ni tampoco necesitas nuestro matrimonio de conveniencia puedes olvidar tus votos? ¿Olvidarme?

—¿De qué te sirve nuestro matrimonio, Elena? No tengo título. Soy el pretendiente. ¿Crees que el Consejo aprobara que te hayas casado conmigo? ¿No lo utilizará Markos para destronarte por considerarlo otra elección estúpida de las tuyas?

—Me da igual —contestó ella reprimiendo las lágrimas.

—Pues no debería.

—¡Olvídate del Consejo! —gritó ella—. Olvídate de nuestros países y de la conveniencia. Me dijiste que deseabas amarme. ¿Qué ha pasado? ¿Has decidido que ya no lo deseas? ¿O me estabas mintiendo? ¿Tienes una pizca de honor? —preguntó temblando.

—No se trata de honor. Te devuelvo la libertad, Elena.

—¿Que me devuelves la libertad? No me has preguntado si la quiero. No trates de justificarte, Khalil. Eres mejor que eso.

—¿Ah, sí? —preguntó él elevando la voz—. ¿De verdad, Elena? Si no soy hijo de mi padre, no sé lo que soy.

He basado mi vida en una mentira. Y todo lo que he hecho y sido ha desaparecido. Así que... ¿qué soy?

–Eres el hombre al que amo –contestó ella en voz baja–. No me enamoré del jeque de Kadar, sino del hombre que me secó las lágrimas con sus besos y me abrazó; que me protegió, animó y creyó en mí. Me enamoré de ese hombre, Khalil.

–Ese hombre ya no existe.

–Claro que existe.

–¿Qué voy a hacer? ¿Qué voy a ser?

–Puedes ser mi esposo –respondió ella mientras una lágrima se le deslizaba por la mejilla–. Puedes ser el rey consorte de Talía y el padre de nuestros hijos. Puedes ser el hombre que siempre has sido, orgulloso, fuerte y tierno. ¿Por qué limitarte? ¿Por qué definirte por un título? Eres mucho más.

Elena dio un paso hacia él con las manos extendidas.

–Llevas Kadar en la sangre. Sigue siendo tu país y sigues siendo jeque de tu tribu. Aziz necesitará tu ayuda. Kadar te necesita.

Khalil tardó unos segundos en contestar. Elena contuvo la respiración.

–¿No te importa que no sea nadie? ¿Que sea un bastardo sin apellido?

Elena se dio cuenta de que él necesitaba confiar en ella tanto como ella en él.

–No me importa en absoluto. Ya te lo he dicho: eres mi esposo y yo soy tu esposa.

–El Consejo...

–Me dijiste que no necesitaba un esposo para enfrentarme a él. Y así es. Ahora soy más fuerte, Khalil, gracias a ti –ella dio otro paso y le agarró el brazo–. Pero necesito un esposo que sea mi compañero y mi igual. Alguien que me quiera y me apoye.

–Tengo la sensación –dijo él cerrando los ojos durante unos segundos– de que me han arrebatado lo que conocía y con lo que contaba.

–Yo sigo aquí.

–Después de tantos años de ira –dijo él agarrándole la mano–, no sé qué sentir. Mi padre tenía derecho a desterrarme.

–Podía haberte tratado con más amabilidad.

–Y mi madre...

–No sabes en qué situación se hallaba, lo desgraciada que se sentía o qué la impulsó.

Él asintió lentamente.

–Te quiero, Elena. No creía que llegara a saber lo que es el amor, pero tú me lo has demostrado de muchas maneras. Has creído y confiado en mí cuando no me lo merecía. Aún no sé si me lo merezco. No sé qué me deparará el futuro. No sé qué ser.

–Lo averiguaremos juntos –ella lo miró con amor y esperanza–. Te quiero, Khalil, y tú a mí. Y eso es lo único que importa.

–¡Ay, Elena! –exclamó él abrazándola–. Te quiero mucho. Siento haber sido tan estúpido y haber tenido miedo.

–¿Crees que yo no estoy asustada?

–No te merezco –declaró él abrazándola con más fuerza.

–Yo podría decir lo mismo.

Él la besó con tanto amor y ternura que ella pensó que el corazón iba a explotarle de alegría.

–No sé lo que pasará. Tendré que hablar con Aziz, renunciar al trono... Pero tienes razón: todavía puedo ayudar a mi país, y quiero hacerlo.

–Ellos te necesitan, y yo también.

–Te quiero –dijo él apoyando la frente en la de ella y tomando su rostro entre las manos.

–Ya me lo has dicho –ella sonrió–, pero creo que nunca me cansaré de oírtelo decir. Te quiero, Khalil.

–Nunca pensé que alguien me lo diría –afirmó él cerrando los ojos.

–Pues no dejaré de hacerlo.

Él volvió a besarla y a apretarla contra sí.

–No dejes de decírmelo, Elena. Yo tampoco dejaré de hacerlo, con independencia de lo que suceda.

–Con independencia de lo que suceda –prometió ella.

Ninguno de los dos sabía lo que les depararía el futuro. Khalil tendría que pasar el duelo; ambos deberían madurar. Pero Elena sabía que su amor los haría fuertes.

***

Podrás conocer la historia de Aziz al Bakir en el segundo libro de *Pretendientes al trono* del próximo mes titulado:
RESCATADA POR EL JEQUE

Bianca

A juzgar por la atracción que había surgido
entre ellos, el matrimonio iba a ser explosivo...

UN ANILLO PARA UNA PRINCESA

KIM LAWRENCE

Sabrina Summerville estaba conforme con su boda con el príncipe Luis, su unión reunificaría el reino de Vela. Entonces, ¿por
qué se sentía tan atraída por el príncipe Sebastian, el hermano
de Luis?

El príncipe Sebastian siempre había llevado un estilo de vida
decadente, aprovechándose al máximo de ser el escandaloso
hijo menor. No obstante, al abdicar su hermano y dejar a la bella
Sabrina plantada en el altar, no le quedó más remedio que dar
un paso adelante. No solo se convirtió en heredero, sino que
también tenía que casarse con Sabrina.

Acepte 2 de nuestras mejores novelas de amor GRATIS

¡Y reciba un regalo sorpresa!

Oferta especial de tiempo limitado

Rellene el cupón y envíelo a
Harlequin Reader Service®
3010 Walden Ave.
P.O. Box 1867
Buffalo, N.Y. 14240-1867

¡Si! Por favor, envíenme 2 novelas de amor de Harlequin (1 Bianca® y 1 Deseo®) gratis, más el regalo sorpresa. Luego remítanme 4 novelas nuevas todos los meses, las cuales recibiré mucho antes de que aparezcan en librerías, y factúrenme al bajo precio de $3,24 cada una, más $0,25 por envío e impuesto de ventas, si corresponde*. Este es el precio total, y es un ahorro de casi el 20% sobre el precio de portada. !Una oferta excelente! Entiendo que el hecho de aceptar estos libros y el regalo no me obliga en forma alguna a la compra de libros adicionales. Y también que puedo devolver cualquier envío y cancelar en cualquier momento. Aún si decido no comprar ningún otro libro de Harlequin, los 2 libros gratis y el regalo sorpresa son míos para siempre.

416 LBN DU7N

Nombre y apellido	(Por favor, letra de molde)

Dirección	Apartamento No.

Ciudad	Estado	Zona postal

Esta oferta se limita a un pedido por hogar y no está disponible para los subscriptores actuales de Deseo® y Bianca®.
*Los términos y precios quedan sujetos a cambios sin aviso previo.
Impuestos de ventas aplican en N.Y.

SPN-03

©2003 Harlequin Enterprises Limited

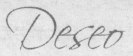

Deseo

*En poco tiempo deseó lo que nunca
había querido: una familia*

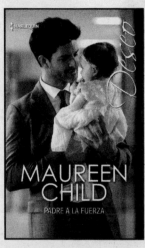

PADRE A LA FUERZA

MAUREEN CHILD

Reed Hudson, abogado matrimonialista, sabía que los finales felices no existían, pero la belleza pelirroja que entró en su despacho con una niña en brazos le puso a prueba.

Lilah Strong tuvo que entregarle a la hija de su amiga fallecida a un hombre que se ganaba la vida rompiendo familias. Reed le pidió que se quedase para cuidar temporalmente de su sobrina.

La elegante habitación del hotel en la que Reed vivía estaba a años luz de la cabaña que Lilah tenía en las montañas.

¿Cómo terminaría la irresistible atracción que había entre ellos, en desastre o en una relación?

Bianca

**Él solo había planeado protegerla,
pero su corazón tenía sus propios planes**

EN LA CAMA DEL ITALIANO…

HEIDI RICE

La vulnerable Megan Whittaker recibió órdenes muy concretas por parte de su padre. Tenía que averiguar si el magnate Dario de Rossi planeaba absorber la empresa familiar. Tuvo que acceder muy a su pesar, pero lo que no esperaba era que la química entre ambos fuera tan fuerte que la empujara a terminar en la cama del italiano.

Dario planeaba efectivamente la absorción, pero, cuando Megan recibió un violento castigo por haber pasado la noche con el enemigo, se sintió obligado a protegerla. Se marcharon a Italia, donde el indomable empresario descubrió un problema mucho más grave. Megan no solo sufría amnesia, lo que significaba que creía que los dos estaban prometidos y profundamente enamorados, sino que también se había quedado embarazada…